31番目のお妃様 7

桃巴

ビーズログ文庫

イラスト／山下ナナオ

CONTENTS

31BANME NO OKISAKI SAMA 7

31番目のお妃様◆人物紹介
マクロン
ダナン国の国王。
心の通じ合わない妃選びに
疲弊していたところで、
フェリアに出会い……？
サブリナ(左)＆ミミリー(右)
元妃候補。今はフェリアの忠臣。
フェリア
天空の孤島カロディア領か
らやってきた生粋の田舎娘。
魔獣にも後宮の洗礼にも負
けない！ 規格外な『31番目』
のお妃様。

ペレ
妃選びの長老の長。

エミリオ(左)&ジルハン(右)
マクロンの双子の弟。

ビンズ
王城の騎士隊長。
マクロンと幼少からの
付き合いがある。

ローラ
カロディア領出身の
女性騎士。

キャロライン
先王の第二側室。
フーガ伯爵夫人。

ソフィア
先王の第一側室。
ベルボルト領に下賜さ
れ、現在は貴人の位を
持っている。

1 蜜月ならず

コネコネ、コネコネ。

「どうでしょうか、フェリア様！」

第四騎士隊隊長ボルグが手に持つ物体を掲げる。

それは、一般的に大人が掲げるような物ではない。

「見た目は合格ね。でも……硬度がたぶん足りないわ」

フェリアはスカートの中に隠し持っている鞭を取り出すと、ボルグに向かって振り上げる。

ボルグは、掲げた『泥団子』をパッと離し後方に跳び退いた。

ヒュン

鞭は泥団子に見事命中し、真っ二つに割れた。

「ほらね、鞭程度で崩壊するのだもの。もっと硬度を上げないといけないわ」

「なんと、奥が深い……ウッ」

周囲に臭気が立ち込めた。

それは、先日ミミリーがキュリーの身代わりとなってターナ国に向かう途中に襲ってきたセナーダ国の間者に投げつけた泥団子である。

あたれば硬度を直に受け、壊せば刺激臭が漂い戦意喪失すること間違いなしの代物だ。

31番邸のそこかしこで、騎士らが泥団子を作っている。

「まさか、泥団子に敗れるとは思っていませんでした」

ボルグが言った。

セナーダ国を電光石火で落としたフェリアの腕前に、念願の手合わせを申し出たボルグは、フェリアに鞭を振るわれることなく剛鉄の泥団子に敗れたのだ。

ボルグにしてみれば、思いもよらぬ物での対戦だったに違いない。

「泥団子だと侮るからよ」

フェリアはフフンと鼻で笑った。

「まんまとやられました。フェリア様を相手にするには、第四騎士隊全員を引き連れねばなりませんな。ガッハッハ」

ボルグの言葉にフェリアの瞳が輝く。

「嬉しいお誘いだわ！　もちろん、いつでも対戦しましょう。ええ、善は急げと言いますわ。今から闘技場でひと汗流しましょう」

「フォフォフォフォ、何をたわけたことを」

ペレがいつの間にか31番邸に来訪していたようだ。

こめかみに怒りの青筋が浮き上がっている。

「ま、まあ、ペレ。ご機嫌よう」

フェリアは頬を引きつらせながら、スカートの裾を摘まんで軽く膝を折る。

「全然、ご機嫌ではありませんぞ」

「ご機嫌が悪いなら、良くなってからでも構いませんことよ」

フェリアはオホホと笑う。

相変わらず、フェリアとペレの戦いは続いているのだ。

「ところで、ボルグ」

ペレが泥団子作りに興じる騎士らを一瞥した。

「第四騎士隊はいつから子どもの遊びまでするようになったのだ？」

ペレの眼光は鋭く、叱責の感情を含んだ険しいものだ。

それも仕方がないだろう。剣を持つ手が泥をこねている状況なのだから。

「ペレ様、フェリア様直伝の『剛鉄の泥団子』で我ら第四騎士隊はやられたのです」

ペレが怪訝そうにボルグの言葉を聞いている。

フェリアはクスッと笑った。

「これ、便利なのよ」

フェリアは泥団子を再度ボルグに投げた。

ボルグは一瞬で剣を抜き、泥団子を切る。たちまち、周囲に刺激臭が立ち込めた。

「これは……なんとも嫌な臭いですな」

ペレの眉間にしわが寄る。

「ええ、攻撃に使えるし、護身用にもなるわ。そして、この刺激臭は」

「追跡にも便利ですな」

ペレがフェリアの言葉に被せるように言った。

敵に臭いをつければ、追跡の道しるべにもなるからだ。

「なるほど、ボルグが欲する意味がわかりました」

ペレがウンウンと頷きながら言った。

「それだけじゃないの。これを早急に必要な者がいるのよ」

フェリアの言葉に、ボルグもペレも首を傾げた。

「私も気づかなかったわ。彼の者が願い出るまではね」

フェリアは数日前の出来事を思い出す。

＊＊＊

「た、たのもぉー」

ジルハンが31番邸の門扉を潜りながら、頑張って声を上げている。

マクロンの双子の弟ジルハンは、セナーダ国の政変後、侯爵令嬢ミミリーとの婚約が整いダナン王城での生活にも慣れてきている。

マクロンのもう一人の弟エミリオも同じくイザベラとの婚約が成された。

兄弟が揃ったばかりであるが、エミリオがミタンニ国の王になるべく出立も近い。限りある兄弟の時間を惜しむように、いつも連れだっているのは知っている。

だから、ジルハンだけで31番邸に来るのは珍しいことだ。

「あら？　どうしたの、ジルハン」

フェリアは騎士とちゃんばら……否、手合わせの最中である。

手に持っているのは、お玉やフライパン、鍋の蓋であるが。31番邸が普通であるのはむしろ異常であり、これが通常運転だ。

身近な物で応戦することは、実践に近い。

フェリアとお側騎士、王妃近衛や女性騎士のみならず、31番邸に勤務する者全てがなんらかの攻防を実践しているのだ。

セナーダ国の政変時に31番邸で起こった惨劇を経験すれば、必要に迫られもする。

女性騎士のローラとベル、王妃近衛数名が大怪我を負ったのは記憶に新しい。

思い返せば、31番邸は妃選び中にも荒事が起こった。

だからこそ、身近の物を武器や防具にして訓練しているのだ。

一見すれば、お玉や鍋の蓋を持っているのだから、敵は料理中と思うだろう。

「わ、私に、どうか鞭捌きを教えてください！　姉上」

ジルハンは真剣な眼差しをフェリアに向けている。

「えっと……どうしてかしら？」

「私の体の状態では、剣を持って鍛錬するにはまだ早いとわかっています。剣が持てぬなら、他の武器をと思って……婚約者を守る術を一つでも持ちたくて」

ジルハンが悔しそうに呟いた。

婚約者のミミリーに対してのせめてもの矜持だろう。

「ふふ、ミミリーのことを想ってなのね」

「はい！」

ジルハンはすかさず答えた。

フェリアはジルハンの思いを理解しながらも、首を横に振る。

「鞭は剣よりも難しい武器なの。ジルハンにはまだ早いわ」

鞭も剣と同様に、自由自在に扱うにはそれなりの鍛錬が必要なのだ。振り回せばいいというものではないし、一朝一夕で扱えるものでもない。

コントロールの面で剣より扱いが難しいとも言える。

剣は動かぬ物体にあてるのは簡単だろう。だが、鞭ではそうはいかない。

フェリアの説明に、ジルハンが唇を噛む。

「では、私は何を持ち戦えばいいのです!? 誰かに守られてばかりの生き方は……もうしたくありません！」

ジルハンの生い立ちからしたら、そう思うのも無理はない。

そして、これから王族として生きていくには、ジルハンもその手に武器が必要になることもあるだろう。王族が狙われることは、往々にしてあるのだから。

エミリオもジルハンも出生から狙われていた。

フェリアは思案する。

「確かに、これからジルハンは自身の安全に責任を持つことになるわ。失念していてごめんなさい」

心の臓が弱いからといって、それから目を背けるわけにはいかない。

ガロンの指示の下、体力作りを始めているがその目的は健やかな体作りであって、戦うことを目的とはしていない。

騎士を多く引き連れて解決する問題でもない。

丸腰の王族であっては面目が立たないのだ。

「そうね……ジルハンの武器。護身用にも攻撃用にもなる物……」

フェリアはこんもりと土を掬ったお玉を見る。

さっきまで、騎士に土を振りまいて目眩ましをした直後に、フライパンで一撃を加えて対戦していた。

ゾッドがお腹を擦りながら、フェリアの横に控えている。

ここにきて、ジルハンは周囲の状況に疑問を抱く。お玉や鍋、フライパンを侍女や女性騎士のみならず、お側騎士や王妃近衛までが持って構えていることに。

「……皆さん、何をなさっていたのですか？」

ジルハンがフェリアとゾッドを交互に見た。

「身近な物での応戦よ。何も武器と名のつく物でしか戦えないなんてことのないようにね。ミミリーだってターナに向かう際……」

フェリアは、そこでハッと気づく。

「そうよ！　セナーダの間者を退けたあれがいいわ！」

＊＊＊

フェリアの話に、ペレとボルグが『なるほど』と頷く。

「確かに『剛鉄の泥団子』なら、ジルハン様にも扱えましょう」

ペレが満足げに泥団子作りをしている騎士を見回した。

フェリアは扇子を開く。小声で何かを伝える合図だ。

ペレとボルグがフェリアに近づく。

「『秘花』を仕込む手もあると思うのよ」

医術国アルファルドから手に入れた『秘花』のことは、限られた者しか知り得ない。

『秘花』の一つである『眠りの花』を仕込んだ泥団子なら、ジルハンの護身用に打ってつけだろう。襲撃者を眠らせれば、逃げることは簡単なのだから。

フェリアの言葉に二人は口角を上げた。

「ちょっとした衝撃で簡単に壊れないように硬度が必要なの。ボルグ、その辺に注意を払ってね」

ボルグがフェリアの言葉に『はっ』と返答する。

簡単に壊れれば、持参する者が泥団子の効力の餌食になるのだから。

「ペレ、そういうわけよ」

フェリアはペレに託す。

「内々に準備致しましょう。……この『剛鉄の泥団子』は使用意図が広げられそうですな。仰々しい警護ができない時にもいいでしょうし、パレード時にも騎士に持参させましょう」

婚姻式のパレードのことをペレは言っているのだ。

「一カ月を切りましたな」

ペレの言葉にフェリアは笑顔を弾けさせた。

婚姻式と建国祭の同時開催まで残り三十日である。

「そういえば、ペレは何用でここに？」

フェリアが訊くと、ペレがフォフォフォと笑う。

「フェリア様には、婚姻式前に離宮へ移っていただきたく」

「はっ⁉」

王妃塔から31番邸に移って約一カ月。そろそろ戻れるはずだと思っていたフェリアは、予想外のペレの発言にポカンと口を開けた。

「本来は、霊廟での婚姻の宣誓、式典を経て、王城から離宮までのパレード、離宮での三日間の……蜜月、コホン……とまあ、慣例ではそういった予定で婚姻式が組まれるのですが」

離宮は、王都を出て半日ほどの場所にある。静かな湖畔に佇む白亜の城で、新婚さんにはお誂え向きの場だ。

「どういうことかしら？」

フェリアは笑みを浮かべながらも、全く笑っていない瞳でペレに確認する。

マクロンと一緒に過ごす甘い三日間を、フェリアは楽しみにしていたのだ。

「元々、王様は婚姻式の慣例を反転した予定にしておりました。玉座を不用意に空けぬためにです」

ペレが最後まで言わないのはいつものことである。

フェリアはペレの言葉の意味を瞬時に理解した。

妃選びの当初はエミリオもジルハンも復籍しておらず、婚姻式の日程を反転する以外に王の不在を解消する手はなかったのだ。

王都から半日かかる離宮に滞在する三日間、玉座は空になるのだから。

妃を離宮に送り、そこから王城までパレードすることで、マクロンは王城の安定を考えたのだろう。

反転した日程なら、王の不在は短くて済む。

マクロンの統治下において、玉座が一日でも空になることは今までなかったのだ。

「王様は、妃選びに関して積極的ではありませんでしたから、蜜月に興味はなかったのですな。ある意味面倒だとも思っていた節が……」

ペレの言うことは尤もだ。

マクロンは、フェリアに会うまで妃選びに時間を取られることを不満に思っていたのだから。

「でも、元の日程に戻したと聞いておりますわ」

セナーダ国の政変でバタバタしていたが、婚姻式の準備は着実に進めていたのだ。

エミリオとジルハンの復籍により、離宮での三日間の生活は可能に思える。

玉座の代理は、ミタンニ国を治めることになるエミリオの練習にもなるはずだ。

「ええ、それがまた反転日程に変わったのです」

「なぜ？」

そこでペレがおもむろに文の束をフェリアに差し出す。

「これは？」

フェリアはペレの視線に促されながら、文を開いた。

「……」

その内容に、フェリアは無言になる。

「セナーダの政変を見事収め、ミタンニ復国まで成し遂げようとしているお二人の力量にすがってのことでしょう」

各国が、自国での悩みの種を相談する文をわんさか送ってきたのだ。

「フェリア様に至っては、『婚姻の後見人』の依頼が多数。また、『貴族間の仲違いの見届け人』なども。加えて」

「まだあるの⁉」

フェリアは、文を突き返す。ペレの続きの言葉は手で制して言わせなかった。

ダナン国の次期王妃という肩書き以外を持たぬフェリアは、国家間や貴族間のしがらみがないこともあり、後見人や見届け人といった依頼を出しやすいのだろう。

「とまあ、王様にも同様に届いておりまして、多種多様なお悩み相談を捌いていかねばならず、当初の反転日程に変更せざるを得ないのです」

国家間の文を蔑ろにはできず、相応の返答なり対応が必要で、文が山積みになっているのだという。

自国の問題を他国に明かすなど、本来はあまりない話だ。

しかし、セナーダ国の政変を収めたダナン国への信頼の厚さからだろう。ダナン国は、セナーダ国を手中にでき得たにもかかわらず、それをせずにセナーダ国の未来を繋げ、後見にもなった。

加えて、ミタンニ復国という甘い汁にどうにか便乗したいとの思いもあろう。

ペレが続けて言うはずだった言葉は、やはりミタンニ籍を望む各国の貴族からのものである。

「そうよね……。ミタンニ創始の忠臣も選抜しなければいけないし、王城を離れることなんてできないわね」

ダナンに、続々と各国の貴族が来訪している。ミタンニ貴族に挙手した者らが面接の申請をしているのだ。

マクロンとフェリアは、三日程度の休みも得られない状況だ。

元より、妃選び最後の夜会で、ダナン国への寄与を高らかに宣言したばかりだ。取引の申請を受けつけていることもある。

フェリアは傍目にもわかるほどシュンとする。

「王様に至っては怒髪天を衝くような機嫌の悪さでして、フェリア様に王様の気を静めていただけないかと」

「会っても良いの？」

フェリアはペレの顔を窺う。いつもなら、マクロンとフェリアの逢瀬の阻止をするのだから。

「ビンズでも手を焼いていますからな。執務室は氷点下ですぞ」

マクロンの機嫌は相当悪いのだろう。ペレが肩を竦めたのだった。

マクロンはすこぶる機嫌が悪い。

山積みの政務書類に埋もれながら、黙々と裁可を下している。

乱暴に書類を捌いていくマクロンに、文官たちは恐る恐るといった感じで、さらに山を高くしていくのだ。

「おい！」

マクロンは思わず声を荒らげた。

文官がビクッと体を震わす。

「まだあるのか⁉」

裁可するより先に、どんどん書類が積み上げられていくことに、マクロンが苛つくのは仕方がないことだろう。

「は、はぃ」

文官の返答は酷く弱いものになった。マクロンの睨みに身が縮んでいる。

「王様、文官のせいではありませんよ」

ビンズがマクロンをたしなめた。

文官はその隙に退散する。

「いくらなんでも、多すぎる！」

「仕方ありませんでしょう。あれほど大々的にダナンへの寄与を謳い、ミタンニ創始の忠臣への挙手を募り、フェリア様の実力を存分に披露したのですから。後見人やら見届け人を乞われるのも！　さらに」

「まだ続くのか⁉」

マクロンは続けようとするビンズをキッと睨む。

「女性騎士も各方面から挙手され、私も昼夜休みなしですから！　婚姻式までなんとか間に合わせたいと考えておりますが」

「それに関しては急げ」

マクロンの脳裡に31番邸の惨劇が浮かんだ。

女性騎士の重要性を痛感した出来事だった。もし、あの場にローラやベルがいなければ、今の平安はなかったであろう。

セナーダ国の政変の対処は綱渡りだったと思える。

「もちろんです。有力な申し出がなされました。すでに王都で待機中とのことです」

ビンズがマクロンに推薦状を差し出す。

「これは？」

「先王様の第二側室様の領から、優秀な女性を陸に上げたいと申し出があります。また、ソフィア貴人様の生家からも同じような申し出が。どちらも辺境を守る国境守ですので、軍に所属する女性を推しています」

マクロンは、ビンズから推薦状を受け取ると内容を確認する。

ダナン国の南の海には十五の島々が連なっている。

そのフーガ領を統治している辺境伯に第二側室は下賜されたのだ。

十五の島々から東へ少し離れた地が、断崖絶壁の孤島、カロディア領である。

「フーガ領からの申し出か」

先王の第二側室がフーガ領に下賜されたのには理由がある。

先王時代、海賊による被害が頻発し防衛対策が急務だったが、辺境の島々へ予算を割り振るのに、当時の貴族らが難色を示していた。

そこで、先王は第二側室を下賜し、持参金を防衛費に充てることで対処した。

ソフィアがジルハンを託されたのと同じく、第二側室も持参金で、海領を守ることを託されたのだろう。

前王妃を守れなかったのだから、別のものを守れと先王が暗に示したかのようだ。

ゲーテ公爵にはエミリオを、あのペレとソフィアにはジルハンを、第二側室にはマクロンの治政の手助けとなるように、ダナン国の未来を見据えて布石を打ったのだ。

「あそこは、島民全員が海の民ですから、腕っ節の強い女性が多くいるのでしょう。もちろん、ソフィア貴人様の生家も辺境の国境守ですから、女性騎士に推薦できる人員がいるのでしょう」

「だが、第一線の者を招集するわけにはいかないぞ。どちらも国境防衛の要だからな」

マクロンは推薦状に目を通した。

「……なるほど、引退間近の者か」

騎士や兵士が老齢になってもその職に留まることはない。体の衰えは仕方がないことだ。任務により傷を負うこともある。

　明確な引退年齢は設けていないが、徐々に現場から後方支援や別の役職に配置換えしていくものだ。

　特に辺境を治める場合、配置転換が上手くいかなければ問題になる。国境という最前線なのだから。

「海上では古傷が痛むだろうが、確かに陸に上がればそこはほどよく付き合えるだろう」

　四十前後の女性二名がフーガ領から推薦された。

「海から陸へか」

　マクロンは推薦状をビンズに戻す。

「はい。それからレンネル領からも二名。こちらは、森の民というべきかもしれません」

　ソフィアの生家はレンネル伯爵家である。現当主のレンネル伯爵は、ソフィアの実兄だ。

　こちらは森に面している領で、そこを抜けるとターナ国になる。このレンネル領の森での密貿易を取り締まるのが役目だ。

　ジルハンのことがあり、ソフィアは生家と疎遠になっていたが、事が公になりやっと生家と連絡できたようだ。

セナーダ国の政変に関連したダナン王城での惨劇を鑑み、ソフィアは女性騎士推薦へと動いたのだろう。今度こそ『王妃』を守ってみせるとの思い入れかもしれない。

マクロンはビンズから別の推薦状を受け取る。

「森の民か。木を跳び渡るだと？」

思わず頬が緩むのはフェリアを思い出したからだ。

「身体能力に長けていますが戦うわけでなく、木の上から異変を察知するそうで、おそらく偵察を担っている者でしょう」

密貿易を見つけるための偵察に身軽な女性を雇っているのだ。

「代替わりか」

海の民も森の民も、最前線に配置できないけれど、このまま引退させるには惜しいと思える人物を推薦してきたようだ。

「ボルグと入念に打ち合わせし、試験の準備を」

女性騎士の試験は、ボルグとビンズが担当している。

「はっ、この四人は婚姻式には間に合うでしょう」

コンコン
ビンズに推薦状を戻すと、扉がノックされた。

「入れ」

マクロンは、言いながらも仏頂面に戻り書類に手をかける。

「失礼します」

愛する者の声に、バッと視線が上がる。

「フェリア！」

マクロンは資料をポイッとビンズに投げて、フェリアを迎える。

「どうしたのだ？」

すっぽり腕の中に閉じ込めてから、マクロンはフェリアに問うた。

「すこぶる機嫌が悪いとお伺いしましたが？」

フェリアが腕の中で笑っている。

フェリアもペレから婚姻日程を聞いたのだろう。

「離宮での甘い時間を奪われて、機嫌が良いわけがなかろう？」

マクロンはフェリアを抱き上げると、軽く頬に唇を落とす。

桃色に染まる頬を食べたい衝動にかられるのはいつものことだ。

「マクロン様、背後に強面が」

フェリアがプッと笑っている。

もちろん、ビンズのことで間違いない。

「ビンズ、出ていけ」

振り返らずに、マクロンは言い放った。

「ご冗談を。この書類の山がなだらかな丘になるまでは、婚姻式が引き延ばされてしまいましょう。よろしいので？」

ビンズの言うことは尤もだが、マクロンは思わず舌打ちしそうになる。

「マクロン様、また一人で背負いすぎですわ。もう少し政務を振り分けてくださいまし。エミリオやジルハンだっておりますわ」

「だが」

婚姻前に仕事をこなすのは、夫になる者の責務である。蜜月の時間を得るための夫たる者の慣例なのだ。

反論しようとしたマクロンの唇に、フェリアが人差し指をあてた。

「ダナンへの寄与申請は、女性文官にも書類の振り分けをさせましょう。ミタンニ創始の忠臣選びは、もちろんエミリオが担わなければなりません。イザベラを補佐につけますのでご安心を。後見人やら見届け人は、私が王妃になってから受けつけるとご返答を。お悩み相談に関しては、ゲーテ公爵をお使いに。ジルハンは正式にブッチーニ侯爵を後見にして国道の勉強を」

フェリアの指が離れる寸前で、マクロンは少しばかりいたずらをした。

唇で指を啄む。

「ひゃ」

可愛い声に満足して、フェリアを下ろす。

少し潤んだ瞳が睨んでくるが、マクロンにはご褒美だった。

「なぜ、ゲーテを？」

「そろそろ政治の中枢に戻してもよろしいのでは？　各国の貴族が寄せ集まりますが、それをまとめられるのはゲーテ公爵ぐらいですわ。今のうちに各国のお悩みを知っておけば、要らぬ争いが軽減されると思いますし、ミタンニ復国にも益になりましょう」

流石フェリアだと、マクロンは満足する。

ゲーテ公爵を今後どのように使うか思案していたのだ。

「今のゲーテなら安心か。それもダナンとミタンニ両方に尽力せねばならない状況なら、権力が分散するだろうが……いや、両国で絶大な権力を得るまでになるかもしれないぞ」

「ゲーテ公爵の性分は、この前のセナーダの政変で示されましたわ。彼の者の根底には、ダナンへの忠誠がありましょう。牢屋に入る覚悟で自ら使者になるほどです。先方へ口にする内容からして、命の危険があるにもかかわらず、公爵位の者が出向いた心意気を信用しないわけにはいきません」

そこが、ゲーテ公爵の強みだ。権力欲をダナン国の窮状において間違った方向に使わない矜持に、マクロンも少々感服していた。

「だから、先王様もお近くに置いたのでは？　エミリオを預けるほどの人物だもの」

マクロンは頷く。

先王には多くの重責がのしかかっていた。死産の王子、前王妃の死の真相、エミリオとジルハンのこと、ダナン国の行く末。

マクロンの治政とは違い、先王の頃は息苦しい閉塞感があったに違いない。その中で、狡猾な貴族らが蠢いていたのだ。それを強く統率するには、ゲーテ公爵のような者が必要だったのだろう。

それは、前女官長サリーとて同じだ。

一極集中が必ずしも絶対悪ではない。それが悪というのなら、王の存在こそ悪そのものになるのだから。

その閉塞感はフェリアによって打破され、ダナン国は新たなステージへと進んでいる。もうゲーテ公爵と袂を分かつような戦いはないだろう。

長女のイザベラはミタンニ王妃になり、次女のサブリナは過去の枷をもフェリアが抱え傍に置いたのだから。

「では、ブッチーニにジルハンの勉強を任せるのは？」

フェリアの返答に期待を寄せながら、マクロンは問うた。

「ジルハンには今後玉座を預ける状況も出てきましょう。ダナンを網羅するには、国道管理を担うブッチーニ侯爵に任せるのが一番です。今のうちに、マクロン様の補佐ができるように……玉座を一時でも預けられる存在を」

マクロンとフェリアはニヤリと笑み合う。

「婚姻式まで一カ月ありますわ！」

「体制さえ整えば、三日の蜜月生活も得られるはずだ！」

氷点下の執務室は、いつの間にか熱気に溢(あふ)れていた。

ビンズがこめかみを押さえていたのは言うまでもない。

マクロンとフェリア二人揃うと、何やら動き出すのだから。

どんなにお膳立(ぜんだ)てしても、二人がそれに収まるわけはないのだから。

2 波乱の前兆

翌々日、31番邸にサブリナが血相を変えてやってきた。

「どうしたの？」

フェリアはいつものようにパンを焼きながら、サブリナに声をかける。

「偽物が出回っております」

サブリナにしては珍しく、焦っているのか詳細がない。その一言だけで、フェリアはわかるはずもなかった。

「落ち着いて。なんの偽物が出回っているの？」

サブリナに薬草茶を出しながら、フェリアは問うた。

「サシェの偽物が」

サブリナが唇を噛む。

「サシェ事業を任されたのに、申し訳ありません」

サブリナの表情に悔しさが滲み出ている。

婚姻式の祝い品でもあるサシェ事業は、現在サブリナが担当している。

ジルハンがエミリオから管理指揮全般を引き継ぎ、各事業の担当を決めたのだ。

ミミリーが15番邸イモニエール、ネルが6番邸薬草栽培を担当している。

エミリオとイザベラは、ミタンニ復国の件で忙しく、すでに事業展開には携わっていない。

女性騎士と同じく、事業部も手が足りていない状況なのだ。

サブリナが一口薬草茶を飲み、呼吸を整える。

「お母様からの情報です。『王妃のサシェ』という物が、密かに出回っているようなのです」

サブリナの母であり、ゲーテ公爵夫人であるバーバラは、流行品に鼻が利く。カロディア領主リカッロが売る美容品もその類いだ。

つまり、大々的に売られる偽物でなく、貴族向けに内々に出回っているのだろう。

「妃選び終了の夜会後に『幸せのサシェ』と『幸運のサシェ』が祝い品として販売されることは発表したわ。別名の『王妃のサシェ』なら、商売に乗っかっただけの代物では？ 実際に当日販売されるサシェと別物でしょう」

フェリアの言葉にサブリナが首を横に振る。

そっとサブリナがテーブルにサシェを置いた。

「これは……まさか！」

「はい、偽物です。お母様が購入した調度品の中に入っていたのです」

フェリアは唖然とする。

テーブルに置かれたのは、本物と言っても過言ではない代物だ。言われなければ、わからないだろう。

フェリアは花の刺繍が施されているサシェを手に取る。

「まさか、こんなに精巧な偽物は想定していなかったわ」

告知された後、限定で販売されるサシェにあやかった商品が出回ることは想定済みだった。

貴族も庶民も、あやかり品だとわかった上で購入する分には問題ない。そのことで、経済が動くなら良いのだから、目くじらを立てるようなことではないのだ。

しかし、本物と見間違うほどの偽物が出回ることは、想定外だ。

今回販売されるサシェが外部に出たのは、お側騎士のセオがセナーダの姫に渡した一点だけである。

そのサシェも、フェリアの試作品のため本物とは少々違うデザインだ。

事業部内では、口外を禁止していたし、完成品が消えたこともない。徹底した管理で行っていた。

だから情報が漏れた理由は一つしかない。

「……スパイがいるのね」

本物と同じデザインと同じ刺繍の図柄が物語っていた。

しかし、スパイが事業部内にいるかどうかは判断しかねる。女官や侍女だという可能性もある。それどころか、後宮に勤務する者全てが疑いの対象になる。

後宮内の誰かが、デザインと図柄を盗んだのは明白だろう。

どんなに試験を行って信頼する者を採用したところで、心変わりや気の迷いも生じるものだ。騎士のように忠誠を誓うほどの関係性ではない者はいるのだから。

何かの餌をぶら下げられ、気軽な気持ちで情報を渡した可能性はある。しかし、もっと厄介なのは、何か弱みを握られて情報を渡すことだ。

そうなると、サシェ事業ならまだしも、人命が関わってくるようなことも今後考えられるだろう。弱みを握られて、王城によからぬ者を招くような。

この件を早急に解決することで、スパイも判明しよう。

「フェリア様、どう致しましょうか？」

サブリナの瞳が潤んでいる。悲しみでなく、悔しさと怒りで。

「そうね……」

もう出回ってしまったデザインと図柄をそのまま売るわけにはいかない。後出しの方が偽物、もしくは二番煎じに思われてしまうからだ。

もっと悪く言えば、貴族に先に売ったと捉えられてしまっては、民への信頼に傷がつく。

それこそ、貴族らは先に手にできた誇らしさを得るだろう。

首謀者は、それを狙って秘密裏に販売したはずだ。

「まだ対応できる時間はあるわ」

婚姻式まで一カ月弱はあるのだから。

「私の失態です。どうか、なんなりと申しつけください。本物のサシェが頓挫しないように、何かお知恵を！」

サブリナが膝を折った。

「もちろんよ！　簡単に諦めるわけないわ。知恵比べよ、決して負けるものですか！」

フェリアは、サブリナと同じく膝を折って視線を合わせた。

サブリナがビックリしている。フェリアの表情が愉しげだからだ。

「売られたけんかは買わなきゃ損よ。やられたらやり返す。私たちに盾突いたのだから、相応の仕返しを用意してあげましょうね」

ゾクゾクするのは、サブリナがその仕返しを経験済みだから。

そして、悔しさよりも闘志が湧き起こるのは、フェリアが愉しげだから。自身がフェリアと同じ視点に立つことを許されたから。

サブリナはフェリアの臣下であるからだ。

サブリナに笑顔が戻る。

「フェリア様のお傍はこれだからやめられないのですよ」

ゾッドが言った。

「私も、必ずやこの屈辱を晴らしてみせますわ！」

サブリナの高らかな声と同時に、フェリアの拳が『オー』と突き上がる。

ペレがいたなら、バシッとされそうだが今はいない。

一寸遅れてサブリナも天に拳を突き上げた。もちろん、お側騎士もつられて……ローラやベルも、ついでに王妃近衛も全員が。

やはり、これが31番邸の通常である。

偽物のサシェ情報が31番邸にもたらされていた頃、マクロンの元にも厄介事が舞い込んでいた。
「今、なんと言った？」
マクロンはビンズに聞き直す。
「フーガ伯爵夫人が面会を申し出ておりますと」

ビンズもこめかみをグリグリと押している。

フーガ伯爵夫人とは、先王の第二側室をいう。

「曰く、『ソフィア貴人が王城暮らしをしているのに、私がしてはいけない理由があるのですか？』とのことです」

「いや、待て。貴人とフーガ夫人とは、次元が違うだろうに」

マクロンはすかさず返したが、ビンズに言ったところでどうにかなるものではない。

「あの『天使の顔をした悪意なき悪魔』と社交界に言わしめた元第二側室が、王城暮らしを希望しているだと!?」

「はい。女性騎士候補の付き添いがてらとのことですが、式典出席の代役もありましょう」

フーガ領は、海領という国境線であり、常に海賊対応に追われている。領主が領から出ることはほぼない。

それが王家の婚姻式であってもだ。

領主が式典に出るとわかれば、それこそ国境線に隙が生まれるのだから。

マクロンの玉座と同じで、不在を安易に作ることはない。

「……丁重にお断り」

「無理です」

マクロンの言葉はビンズに被せ気味で拒否される。

もちろん、マクロン自身も頭では理解している。下賜されたとはいえ、先王の側室なのだから。

「女性騎士候補を引き連れておりますから」

「……まあ」

マクロンは口ごもる。

「それに、フーガ伯爵の代理です」

「……ああ」

「式典の招待客でもあります」

「……」

マクロンは押し黙った。

本来なら数日前程度に到着するように手はずを整えていたのだ。

「諦めてください。あの方は……そういうお方ですから」

「だから、父上はフーガに隔離……ゴホン、送ったのだろうからな」

下賜先が海領になったのは、持参金の問題だけではない。

『天使の顔をした悪意なき悪魔』

社交界で囁かれたあだ名だ。

先王の第二側室は、類い稀なる性格である。女の戦いが繰り広げられる後宮を生き抜ける性根が備わっていたからこそ、妃に選ばれたのだ。

類い稀なる性格というより、危険極まりない実直な者と表現した方が正しいかもしれない。決して曲者ではないのが問題な人物なのだ。

マクロンは諦めて面会を許可し、午後一番に会うことになった。

またも王城が騒がしくなるなとマクロンは思うのであった。

「お久しぶりですわ」

ふわふわの髪は相変わらずで、緩くまとめた髪型は絵画の天使の如く。年齢不詳を地で行くフーガ伯爵夫人がマクロンに挨拶した。

なぜか肩には、鳥が留まっているあたり尋常ではない。

そして、海領にいるにもかかわらず、白く透ける肌は健在で、ぽやぽやした雰囲気も変わっていない。

背後に女性騎士候補であろう者が二人控えている。

「久しいです」

マクロンは肩の鳥を見ながらオウム返しに答える。

「そうですわね。私が王城で暮らしていた頃、王様はまだ幼い男の子でしたから。覚えております？　王様の隠れんぼはいつもドレスの中でしたわね。今でもドレスの中に隠れますの？」

マクロンの頬はヒクヒクと動く。

フーガ伯爵夫人は、脳内に浮かんだことをそのまま口にしてしまうのだ。

「三十の男が、ドレスの中に入れるわけがありません」

マクロンはギギッと口角を上げる。

「そうよね！　入れるようにデザインされたドレスが必要になるわね。でも、旦那様は時おり、私のドレスの中に侵入するのですよ。隠れきれないのに、不思議だわ」

「……」

マクロンもビンズも、そしてその場にいた者全てが口を噤むしかない。

上げてしまった口角をマクロンは元に戻す。

『ご冗談を』などと言う雰囲気でもない。

「他の島の夫人にも相談したの。隠れんぼ用のドレスを試作しましょうって。皆もどうせお困りだろうからと。でもなぜかしら、『惚気るのもいい加減にして』と言われましたのよ。王様、海領夫人たちって少々変わった感性をお持ちのようよ」

他の島の夫人とは、十五の島々にわかれて住んでいる夫人らのことだ。

フーガ領には独自の統治体制がある。

地の離れた島を統治するにあたり、当主である伯爵の代理を務める者が必要になる。だから、島ごとに夫人を設けているのだ。

その夫人らをまとめる役割を、フーガ伯爵夫人が担っている。

それこそ、先王の第二側室という絶大な肩書きに加え、気性の荒い夫人らと対峙できるだけの他に類を見ない性根が役立っていよう。

この『天使の顔をした悪意なき悪魔』に他の夫人は相当苦しんでいるに違いない。

フーガ伯爵夫人に悪意は全くないのだが。

「フーガ夫人、そろそろ背後の者を紹介いただけないだろうか？」

マクロンは話の腰を折って訊いた。

「ええ、承知しましたわ。海上戦ではもう使い物にならない二人ですの」

マクロンは『悪魔だ』と思った。

背後の二人が一瞬眉間にしわを寄せるが、すでにフーガ伯爵夫人という人物を理解しているのか、一瞬の変化で留め達観したように無表情になる。

それだけでも、女性騎士として合格を出せそうだ。……あのエルネとは比べものにならないほど優秀である。

「陸上の護衛なら、盾にはなる者ですわ。腐っても海軍出ですもの。自慢の二人をお預けします。あら、嫌ね。預けたら、いつか返されてしまうかもしれないわ。どうか、この二人をお引き取りくださいませ」

もういただけない。皆の胃がキリキリと痛んだだろう。

マクロンは『毒吐きが一層酷くなっている』と思った。

本人には、もちろん毒を吐いている自覚はないのだ。

「ビンズ、ボルグに預けよ。レンネル家から到着している二人と一緒に試験を」

「はっ」

ビンズが女性騎士候補二人を引き連れて下がった。

入れ替わりにペレが入ってくる。

「まあ、ペレ。しわが成長したのですな」

「フーガ伯爵夫人、お久しぶりですね」

「フォフォフォフォ、フーガ伯爵夫人も海領でご苦労されたのでは？　少しの間ですが、王城でのんびりお過ごしを。お部屋の準備ができました」

ペレがマクロンに目配せする。フーガ伯爵夫人を回収するとの合図だろう。

マクロンは、軽く顎を上げ『行け』と命じる。

しかし、簡単にはフーガ伯爵夫人は下がらない。

ぽやぽやした表情を浮かべながら、ペレの登場で思い出したのか『忘れていたわ』と呟いた。

「王様、私が『初夜の心得』を行いますわ。お任せあれ」

フーガ伯爵夫人が用事は終わったと言わんばかりに、踵を返した。

「ちょ、待たれ……」

ペレがマクロンに向かって首を横に振る。その口角は少しだけ上がっている。

どうやら、ペレの差し金のようだ。ソフィアの時と同じで、妃教育の一環なのだろう。

ペレが目礼してフーガ伯爵夫人と一緒に退室してしまった。

「相変わらずな御仁だな」

近衛隊長が、マクロンの呟きに苦笑いを返した。

「婚姻式まであと少しなのに……嫌な予感しかしない」

その嫌な予感は往々にしてあたるものである。

フェリアの元に、ペレと一緒にフーガ伯爵夫人が現れる。
「やっぱり、カロディアちゃんじゃないの」
フーガ伯爵夫人は、フェリアを目にするや否や嬉しげに言った。
フェリアは全く動じない。

「お名前をお間違えですわ、フーガ伯爵夫人」

ペレがビックリしたように、二人を交互に見やった。

「少しばかり遠くて、歩いては行けないけれど、フーガ領はカロディア領のお隣になるわ。南のフーガ、東のカロディアですから。元を正せば、私を31番目のお妃に推したのはフーガ領主のはずです」

フェリアは目を丸くしているペレに告げる。

「そう、でしたか……」

「31番目が集まらないからと、通達を出したのはペレでしてよ」

フーガ伯爵夫人が言った。

貴族領に妃候補の打診がされ、フーガ領主から周辺の国領に話が回ったが全て断られ、フェリアに白羽の矢が立ったのだ。

「そうでした。主だった領に確かに通達しましたな」

「フィンネルちゃん、お茶でもしないかしら？」

フーガ伯爵夫人に、話の脈略など通用しない。

コロコロと展開する話に、お側騎士のみならず31番邸にいる者が困惑している。

「お名前をお間違えですわ、フガンネル夫人」

フェリアはシレッと言い返す。

「あら？　じゃあ……フェンネルちゃんだったかしら？」

「惜しいですわ、フンネル夫人」

どうやら、フェリアにはフーガ伯爵夫人の悪意なき毒吐きは通用しない。

同じく、名を間違えて呼ばれようがフーガ伯爵夫人も全く気にしていない。否、気づいていないのかもしれない。

口を開かなければ天使、と言わしめた第二側室であったフーガ伯爵夫人は、微笑みを絶やさずやっぱりぽやぽやしている。

「惜しいと言えば、先月のレースよ。私の島が負けてしまったの。どうしたらいいかしら、フェンリアちゃん」

フェリアとフーガ伯爵夫人の交流は、フーガ領からカロディア領をゴールとする船レースからである。

騎士や兵士が闘技場で鍛錬するように、海上を鍛錬場にする海軍の実践が船レースだ。月に一度行われるレースで勝った島に、フーガ伯爵が赴く習わしがある。夫人らによるフーガ伯爵争奪戦でもあった。

カロディア領は、代々フーガ領の船レースの審判をしており、フェリアは十五歳からそのレースの審判員だった。

カロディア領を度々空ける両親やガロン、領主代行のリカッロの代わりに、審判を担っていたのだ。

そして、月に一度の芋煮会はレース後に行われていた。

フーガ領の船レースが、カロディア領の芋煮会とセットであった。

勝利した島の者が、カロディア領の芋煮会に招かれ、フェリアとフーガ伯爵夫人はそこで何度も会っていた顔見知りである。

「どの島が勝ったのです？」

フェリアは、故郷を思い出しながら訊いた。

「海賊の島よ」

フェリア以外の者がポカンと口を開ける。

「海賊や罪人を幽閉する島が勝ったのですね。では、お暇になって王城にいらしたのですか」

「そうなのよ。旦那様を他の島に取られちゃって暇なの」

皆が、フェリアの説明で遅れて理解する。

「旦那様には、式典の代理を頼まれたし、ペレからは『初夜の心得』を次期王妃フェリア様に講義してもらえないかと相談されて参りましたわ」

フーガ伯爵夫人がフェリアに膝を折った。

ここにきて正しい名を発する。所作まで完璧だ。これまでが意図した会話だったのではと疑ってしまうが、フーガ伯爵夫人にその意図はない。

「しょ、初夜……」

途端に、フェリアは真っ赤になった。

「あらまあ。まあまあまあ」

なぜか、フーガ伯爵夫人までも顔を赤らめて、頬を包みながらモジモジし出した。

意味不明な展開に、誰も打開策が見当たらない。

カオスな会話の収拾になど、誰も手を上げたくないのだ。

そこに割って入ってきたのは、ほっかむりの一団である。

ソフィアを筆頭に、サブリナとミミリーが簡易な服に身を包み、31番邸にやってきた。

「暑いぇ。冷たいお茶が欲しいの」

ソフィアがティーテーブルに腰を下ろした。

そして、フーガ伯爵夫人と目が合う。

「なっ、なっ、なっ⁉」

ソフィアがフーガ伯爵夫人を指差しながら、慌てて飛び上がった。

「まあ！　ソフィ、いつから農民に？　あら、頭に芋？」

「私は、どこからどう見ても貴人ぇ！　それに、これは飾り帽じゃ！　そちこそ、なんぇその鳥は⁉」

「そうね、私も同じく海の貴婦人と呼ばれているのよ。陸上でも海上でも、貴族たるもの貴い矜持は保たねばなりませんもの！　それに、芋の飾り帽なんて、流石他に類を見ない お方ですわね」

さっきまでぽやぽやしていたフーガ伯爵夫人が、ソフィアのボルテージと同じになる。内心、ソフィアとの再会が嬉しいのだ。

前王妃とソフィア、フーガ伯爵夫人は戦友のような関係なのだから。

ソフィアが表情こそげんなりしながらも、フーガ伯爵夫人と話し始めた。

ここに至って、やっとフーガ伯爵夫人とはこのような者であると皆が認識したようだ。

「天使が来たりて悪魔になる」

ゾッドが思わず呟いた。

ペレがフォフォフォフォと笑う声だけが、31番邸にこだましていた。

王城は再び慌ただしくなる。

偽物のサシェとフーガ伯爵夫人の登場で、婚姻式前の一波乱が巻き起ころうとしていた。

3 幻惑草

フェリアは偽物のサシェを手に取った。

「嬢、寝ないのかい？」

今日の寝室番はローラである。

サブリナの報告を受け、すぐに偽物サシェの対策にあたりたかったが、振り分けられた政務をこなし、フーガ伯爵夫人との面会、『初夜の心得』なる講義を受けているうちに、夜になっていた。

『初夜の心得』なる講義は、ソフィアやサブリナ、ミミリーも一緒になって、お茶会になってしまったが。

「これを確認しようと思ってね。香りが少し違うから」

ローラの前では、カロディアのお嬢でいられる。フェリアが少しだけ気を抜ける時間だ。

フェリアは丁寧にサシェを解く。

思った通り、中身も本物に近い。

カロディア領から取り寄せた香草と後宮内の花を乾燥させたものが、本物の中身だ。

偽物も香草と乾燥花が詰められている。香草はカロディア領だけにある物ではないため、準備できたのだろう。花も然り。

これでは、本物と言っても過言ではない。

だが、本物とは一箇所だけ違うところがあった。

花の刺繍の裏に小さなポケットが縫いつけられていた。

「……どういうこと？」

フェリアは、ポケットの中の物を取り出して、ローラにも見えるようにテーブルに置いた。

ローラの表情が険しくなる。

「嬢、こりゃあ大事さね」

「まさか、『幻惑草』が入っているなんて」

このサシェは単なる偽物ではないようだ。

フェリアは、偽物のサシェを見つめながら頭を回転させる。

『幻惑草』は依存度の高い薬草だ。それが、『王妃のサシェ』の中に入り、ダナン王都に入っている。

婚姻式を目前にして、ダナン国で何かが暗躍しているのだろう。

「ローラ、外にセオがいるわ。マクロン様に知らせを出して」

ローラが頷いて一旦退室した。

「……これが蔓延するとまずいわ」

敵はまだ姿を現していない。

フェリアは、今までになく緊張感を漂わせていた。


温室に足を踏み入れると、セオから連絡を受けたマクロンがすでにいた。

「フェリア」

マクロンがフェリアに手を差し出す。

フェリアはマクロンの手に自身の手を乗せて、歩き始める。

「緊急性が高いのか？」

人が寝静まる深夜に強行した密会である。マクロンがその緊急性に気づかないわけがない。

「ええ、厄介かもしれません」

フェリアは偽物のサシェを取り出して見せた。

「パレード後に発売予定のサシェに問題が発生したのか？」

偽物のサシェとは、やはり気づかない。

フェリアは首を横に振った。

「マクロン様、これは偽物のサシェです」

「何!?」

マクロンは、フェリアの手にしているサシェをまじまじと見つめる。

「今朝、サブリナから報告がありました。明日にでも事業部で対策を打つ予定です」

フェリアはそこでフーと息を吐いた。

「座ろう、フェリア」

マクロンが温室にあるティーテーブルに促す。

腰を下ろし、フェリアはテーブルに偽物のサシェを置いた。

「本物そっくりではありますが、一箇所だけ違う点があります」

フェリアはサシェを解いて、中身を取り出す。

「ここまでは、ほぼ本物と同じです。問題は……」

サシェを裏返して、マクロンに見せる。

「そのポケットか」

「はい、これが本物とは違うところで、さらにこの中身が問題なのです」

フェリアは、ポケットの中身を出す。

「薬草か？」

「『幻惑草』です」

フェリアの言葉に、マクロンの瞳が細くなる。

「『幻惑草』か。厄介だな」

薬草に詳しくないマクロンでも、『幻惑草』の名だけは知っている。

「はい。……用法用量、調合さえ医師や薬師がきちんと行えば有効な薬草ですが、ダナンを含め、この薬草は薬師以外に栽培も販売も禁止されています」

この薬草を焚くと、夢のような心地良い浮遊感に意識が支配され、夢幻世界に誘われる。ゆえに、『幻惑草』と名づけられた。

一昔前の貴族は、これを焚いて眠りにつく習慣もあったほど普及した時期もあるが、依存度が高く問題になった。

人攫いなどにも用いられるようになり、各国が医師や薬師以外で取引することを全面的に禁止したのだ。

現在では、重度の不眠症にしか処方されることはない。それも医師の監視下でしか使われることはなく、それだけ厳重に管理されている薬草なのだ。

どこかで闇栽培されたものか、闇取引されたものが、ダナン国に入ってきている。

マクロンの表情が険しくなる。

「貴族の間で出回る分には、対処できよう。だが」

「はい。民衆にまで蔓延すれば大事になります」

フェリアはマクロンの言葉を先取りする。二人の意識は同じ景色を見ているのだ。

この偽物が婚姻式に合わせて販売されようものなら、蔓延することは確実だ。

パレード後に、本物と偽物が王都で販売される。

民衆の手に『幻惑草』が出回るのだ。もし、『中の薬草を少し焚けば、幸せな香りに包まれますよ』などと言って販売されれば、たちまち民衆は虜になるだろう。

民衆の手に渡った物を、それも本物の祝い品だと思って購入した物を回収するのは困難だ。『幻惑草』を使用した後なら、もっと手放しはしない。

厄介なのは、すでに貴族に先行して出回っている点だ。偽物とは知らず、本物を先に手にしている優越感に浸っているに違いない。

取り締まりや没収が、反対に本物が出回ってしまったとの誤解を与えそうだ。貴族からの回収は知恵が必要になる。

「どう対策を打つ？」

マクロンの問いにフェリアは一枚の紙をテーブルに置いた。

「これが対策ですわ」

マクロンがフッと笑う。

「上出来だ」

フェリアも笑う。

「私は、これの準備を急ぎます。マクロン様は」

「貴族らの方を対処しよう」

先ほどとは反対に、マクロンがフェリアの言葉を先回りする。

二人はサッと立ち上がった。

すでに深夜ではあるが、早急に動かねばならない。時間の猶予は少ないのだ。婚姻式まで一カ月を切っているのだから。

「味気なくてすまない」

温室の扉を開けながら、マクロンが言った。

フェリアは小首を傾げる。

「愛しい者に会っているのに、愛しい時間を過ごせないから」

国を担う者が治政より私情を優先することはない。

マクロンがフェリアのリボンを攫った。

「フフ、『私より仕事が大事なの!?』と申しましょうか?」

フェリアはいたずらっ子のように言った。

それから、マクロンの胸に体を預ける。

「切ない時間があるから、心強くなるのですわ。三カ月に一度しか会えなかった私たちが、乗り越えてきた時間こそが愛しい時間だと、私は思っています」

マクロンの腕がフェリアを包んだ。

翌日、フェリアは早速偽物サシェ対策に動く。

サシェ事業のある11番邸に赴いた。

邸内では、『幸せのサシェ』と『幸運のサシェ』が検品作業のため、作成者ごとに並べられている。

予定していた個数は百。一対に数えたら五十だが、販売は予定通り百のままだ。

「皆さん、ご苦労様でした」

フェリアは労いの言葉をかけた。

フェリアの背後には、統括長のペレとサブリナが控えている。

「ですが、まだ商品としては完成しておりません」

フェリアの言葉に、針子らが顔を見合わせている。

フェリアはサブリナに合図を送った。

「『証明書』をこのサシェにつけて販売するからですわ。『証明書』つきで商品は完成になるのです。これから婚姻式までの間に、『証明書』の準備に入ります」

フェリアの横に進み、サブリナが『証明書』の見本を提示した。

この原案を温室で、マクロンに披露したのだ。本物と偽物の明確化により、貴族からの回収を速やかに行えよう。

昨夜のうちに、マクロンからペレやビンズに『幻惑草』の情報は伝えられている。関係者には『証明書』のことも含め情報共有された。

フェリアの忠臣となった者、サブリナやミミリーにも『幻惑草』の件は内密に伝える予定だ。解決には信頼する者の力が必要になる。

「このように、書面の中央に『王妃承認印』が押され、証明文章の最後に作成者の記名、『事業部印』が押印されます」

サブリナの言葉に、針子の目が輝いている。自身の名が記されるとは思っていなかったのだ。

今後、衣装係に採用されなくても、王妃の事業に名を連ねた実績から、職に就く時有利になろう。

ネームバリューで出店も夢ではない。

「あやかり品が出回ることが予想されます。偽物やあやかり品と違い、本物は『証明書』つきです」

サブリナに続き、今度はペレが印章を掲げて見せる。

「先に告げておこう。『証明書』も模倣するあやかり品やら偽物が出回れば、それに関与した者はもちろん厳罰が科される。『王妃承認印』の偽造になるからだ。見つけ次第報告するように」

針子たちが頷く。

顔色が悪くなる者はいないかと、フェリアは見回すが皆の表情に変化はない。

やはり、この針子らが安易に情報を流すことは考えられない。衣装係への採用もかかっている。王妃付きも夢ではないのだ。

それをふいにしてまで、情報を漏らす意味はないだろう。

「私は、婚姻式前には離宮に入りますから、今後の事業には関われません。サブリナを中心に『証明書』の作成作業をして、商品を完成させてください」

フェリアはサブリナと視線を交わした。

瞳の奥の決意を互いに確認する。

「お任せを」

サブリナが闘志を燃やした瞳で返答した。

11番邸を後にして、フェリアはペレと一緒に闘技場へと進む。

女性騎士候補の状況を確認するためだ。

ゾッドが闘技場の扉を開く。

「何やら、こちらも問題があるようですぞ」

ペレが言った。

闘技場の中央で、女性騎士候補が対戦している。

それを、ボルグが眉間にしわを寄せながら見ていた。

「ええ、そうね」

「フーガとレンネルの代理戦争の様相ですな」

ペレが観覧席に目を向けている。

離れた観覧席から、フーガ伯爵夫人とソフィアが対戦に熱い視線を送っていた。

「負けるでないぇ！　王妃のお側女性騎士の座をフーガに渡すものか！」

ソフィアが発破をかける。

お側女性騎士という役職など存在しないが、ネーミングからしてお側騎士の女性版に違いない。

「海でも陸でも使い物にならなければ、いったいどこに預けに行けばいいのかしら。あら、嫌ね。預け先でなくて、引き取り先を探さねばいけないわ。私、のんびり王城暮らししたいのに」

こちらは、毒を吐いている。

だが、この言葉でフーガ領の女性騎士候補が奮起したのは一目瞭然。

結局は、ソフィアとフーガ伯爵夫人の名代のような対戦になっている。

フェリアは呆れながらも、女性騎士候補らの戦いを注視していた。

勝つことに重点を置いて戦っている時点で間違いだ。守るべき存在のことを考えていないのだから。

フェリアらは、ボルグの横まで進む。

ボルグがフェリアに気づき、軽く会釈した。

「ボルグ、言わずもがなよ」

フェリアはボルグに指示を出す。

「そこまで！」

ボルグがズンズンと進み、四人の間に仁王立ちした。

フーガ領の者とレンネル領の者が睨み合っている。

「不合格だ」

流石に、ボルグの合否を聞き睨み合いは終わったが、視線はボルグに集中する。

「質が悪い。騎士の目的を理解しない者に王妃様は任せられない」

納得していないのは、四人の表情からして明らかだった。

「王妃様には指一本触れさせぬ自信はあります！」

「こちらも同じく、絶対に負けません！」

両者の言い様に、ボルグは嘲笑した。

「お前ら如き、王妃様お一人で片づけられよう」

ボルグが振り向き、フェリアにニッと笑った。

つまり、四人との手合わせを勧めているのだ。

「これ、ボルグ」

ペレが好々爺の如く笑みを浮かべながら、全く笑っていない瞳でボルグをたしなめた。

「鼻っ柱をへし折ってからの方が伸びるわ」

フェリアは闘技場の中央に進む。

ペレが憮然とした表情をしながら、ローラに指示を出す。

フェリアの次にローラが続いた。

「鼻っ柱をへし折るのはローラの得意分野だものね」

エルネを散々へこませたローラであるからだ。

「二対四だ。本物を目にしろ」

ボルグがフェリアに愉しげにウィンクしながら退く。

「始め！」

四人は最初戸惑っていた。

ボルグの話しぶりからして、目の前にいるのは次期王妃のようだが、相応の格好の者ではなかったからだ。

フェリアの格好は、ドレスでなく身軽なワンピースである。

元々、この四人はフェリアにまだ紹介されていない。疑わしげにフェリアを見ている。

「勝ったら、合格ですか⁉」

フーガ領の女性騎士候補の一人が声を上げた。

「そんな口を利いてる暇があるんさかねぇ？」

フェリアとローラが肩を竦める。

ちょっとした挑発だったが、さっきまで戦っていた者には効果的だった。

「たった二人だけで、私らに勝てると思っているのかい⁉」

口ぶりからして、目の前の者が次期王妃なわけがないと思ったのだろう。

四人がいっせいにフェリアとローラに向かってくる。

「全員攻撃かい？　背後ががら空きさね！」

ローラのその言葉を合図に、フェリアがローラに駆けていく。

ローラが軽く膝を曲げ、両手を組んだ。

その両手にフェリアが跳び乗ると、ローラがフェリアの跳躍に合わせて両手を押し上げる。

フェリアは、四人の頭上を通り越していく。

「なっ⁉」

途端に、四人はフェリアとローラに挟まれた形に変化した。

そこからは、早かった。

ローラが、頭上に気を取られている四人に近づき早業で峰打ちをかませる。

フェリアは普通の鞭で四人をひとまとめに捕らえた。

観覧席から、拍手が起こる。

「カロディアちゃーん！　流石ね」

フーガ伯爵夫人である。

「なんぇ！　じゃじゃ馬王妃よのぉ」

ソフィアが呆れたように言った。

四人は、目を大きく見開きフェリアを見る。

「ほ、本当に次期王妃様？」

「ええ、そうよ。守る者が、守られる者に敗れるなんて可笑しいわね」

フェリアの言葉に、四人は唇の端を噛み、言葉も発せられない。

「八つも目があって、全員が前しか見られないなんて、困ったもんさね。背後に左右、頭上にだって注意は必要さ。勝つことじゃない、敵の行動全てを網羅して、やっと戦い方が決まるさね。逃げるのか、時間を稼ぐのか、勝つ以外を知らなきゃ、王妃様は任せられないさね」

魔獣と戦うカロディア領では、誰でも心得ていることだ。

ローラの指導をこの四人が呑み込めるのか。

「どうするさね？」

ローラが、四人に問うた。

「……機会をいただけないでしょうか？」

レンネル領の女性騎士候補の一人がフェリアを見ながら口を開いた。

「そうね、前例もあるから機会はもちろんあげるわ。それぞれに合った特性で女性騎士になることを志して」

フェリアはそこでベルを呼んだ。

「ベルはきっとこの中で誰よりも弱いわ。元鍛冶職人だもの、戦闘の経験はほぼなかった。けれど、鍛冶職人の知識がある。剣の弱いところを知っている。どう刃こぼれするかも。そして、鍛冶職人の体力は侮れないわ。剣を鍛錬する腕力で、小刀を持てば長時間の対戦にも息切れしない。……セナーダの姫を守り抜けたのは、ベルのおかげよ」

四人の視線がベルに向かう。

王都から離れた領にも、セナーダ国の政変のあらましは届いていることだろう。

王城での女性騎士の活躍も。

「剣が一番の武器ではないさね。知識と洞察力が何よりも武器になる。戦い方の幅を広げるからさ」

ローラがベルと頷き合いながら言った。

あの日の惨劇を共に戦った同志だからだ。

「このまま反目するなら、退城しろ。合格はできんぞ」

ボルグの言葉に、やっと四人は睨み合い以外の表情で顔を見合わせる。

フェリアは、そこで四人を捕らえている鞭を解いたのだった。

ビンズはマクロンの指示により、王都のゲーテ公爵の屋敷を訪ねていた。

「当主は、すでに登城しておりますが」

屋敷の門番が言った。

「いや、ゲーテ公爵夫人に用事があるのだ。取り次いでくれ」

ビンズは、マクロンからの書状を門番に預けた。

門番が屋敷に消え、少し経つとゲーテ公爵夫人と一緒に現れた。

流石に、ビンズも焦る。ゲーテ公爵夫人自ら出迎えられては居心地が悪い。

「ご足労いただいて、申し訳ありません！」

深く頭を下げると、ゲーテ公爵夫人の方も恐縮している。

「さあ、中へ」

マクロン直々の文に、ゲーテ公爵夫人も焦っているのだろう。元より、現在ゲーテ公爵家は、てんやわんやの大忙しなのだ。

イザベラがミタンニ王妃になること、ゲーテ公爵が大きな仕事を任されたこと、サブリナがフェリアの右腕となって王城で勤めていること、屋敷の切り盛りはゲーテ公爵夫人一手にかかっている状態だ。

「他の来訪者は断りなさい」

ゲーテ公爵夫人が門番に命じる。

どうやら、ゲーテ公爵家とお近づきになりたい者が多く訪れているようだ。

サブリナの失態時には、閑古鳥が鳴いていたというのに。貴族とは現金なものである。

「貴族の方やら商人やら、他国からも来訪者が絶えませんの」

ゲーテ公爵夫人が疲労を隠せない表情で言った。

ミタンニ復国の準備と、王妃となるイザベラの婚姻品準備に加え、持参品も揃えなければならない。

多くの貴族が来訪し祝い品が贈られる。もちろん、ミタンニ創始の忠臣にと子息を連れだった者も多いという。

ミタンニ貴族との縁談を望む令嬢を伴って訪れる者もいる。

侍女で随行したいとの申し出も多いらしい。

ゲーテ公爵に『よしなに』と皆ギラギラした表情なのだとゲーテ公爵夫人が言った。

「ギラギラ……希望に満ちた表情ということにしておきましょう」

ビンズが苦笑いしながら言った。

ゲーテ公爵夫人が扇子を開き、ホホホと笑い『丁重にあしらっていますわ』と声を転がした。

「王様は、ゲーテ公爵を信頼しております」

「はい。我が家は公明正大、能力主義一貫で動いております。その旨、王様にお伝えくださいませ」

祝い品やゴマすり程度で『よしなに』などしない。ミタンニ復国に失敗は許されないのだから。

ビンズは了承し、本題を口にする。

「それで、『王妃のサシェ』についてお伺いしたいのですが」

ビンズの言葉に、ゲーテ公爵夫人が頷く。

「持ってきなさい」

ゲーテ公爵夫人の指示で、控えていた召使いが目礼して下がる。

「復国の際、真新しい調度品ばかりでは若い国だと揶揄されましょうから、格式の高い年代物の調度品を探しておりました。我が家のそんな事情を耳にしたのでしょう。調度品を携えた商人らが足繁くやってきまして、期待に満ちた目で、商品を紹介するのです」

今のゲーテ公爵家に、商機があるのは周知の事実だ。

「お持ちしました」

そこで召使いが大きな花瓶を抱えて入ってきた。

「……良い品ですね」

王城に長く勤めるビンズだからこそ、調度品の真価もわかる。

「ええ、即購入しましたの。商人曰く、特別に仕入れた品だと言っていましたわ。花瓶には花の香がつきもの。『王妃のサシェ』入りですとも。その時は、ミタンニ王妃となるイザベラを待ち上げた発言に思いました。サービスで香を仕込んでいる優雅な花瓶かと」

ビンズは静かに話を聞く。

「それなりに調度品の購入も一段落して、荷屋敷に運ぶために目録を作成しました。その際に商人の言葉を思い出して、花瓶の中を確認しましたわ」

花瓶には、埃よけのために差し口に布がかましてある。それを取り、サシェを確認したのだ。

「私、勘違いしていたと気づいたのです。『王妃のサシェ』の王妃とはイザベラではなく、次期王妃フェリア様を指していたと。花瓶に入れておくようなものでなく、素晴らしい出来映えのサシェでしたから。販売前の祝い品のサシェを、先行して手に入れた嬉しさを、サブリナに伝えました。素晴らしい祝い品を手がけましたねと、褒めたのです。……まさか、偽物だなどと思いもよりませんでした」

ゲーテ公爵夫人がガックリと肩を落としている。

親交のある夫人らに探りを入れたら、それらしい笑みで返されたのだとも溢す。言葉にせず、持っていると笑みで応えたのだろう。

「サブリナの面目が丸潰れなのでしょう？」

ゲーテ公爵夫人が弱々しく顔を上げる。

ビンズは『大丈夫ですよ』とゲーテ公爵夫人に微笑んだ。

「すでにフェリア様が対策を立てられました。本物は『証明書』をつけて販売します。つまり、『証明書』のないサシェはまがい物となります」

「まあ！　それは良い案ね。偽物を掴まされるのを、貴族は嫌いますから」

ゲーテ公爵夫人の沈んだ表情に明るさが戻る。

ビンズは軽く頭を下げて言葉を紡ぐ。

「ゲーテ公爵夫人様にはその旨、流布していただけないかと。もちろん、内密に」

ゲーテ公爵夫人が『お任せください』と了承した。

偽物を摑まされたと公にされたくはない貴族には、最も効果的な方法だろう。

高位の貴族が扇子越しで内密に告げていく。

『偽物を摑まされるなんてお間抜けね』などと言い合いながらも、腹の内では苦虫を嚙み潰していようことが予想される。

「どれくらいで流布されましょうか？」

「そうね……五日、いえ三日程度あれば大半の貴族の方々には周知されますわ」

ゲーテ公爵夫人が扇子で口元を隠しながら言った。

それほど、ゲーテ公爵夫人の影響力はあるのだろう。

ゲーテ公爵夫人が、『茶会とサロンの予定を』と執事に指示を出した。

「偽物を見つけ、提出していただけた貴族の方には、王様と次期王妃様の感謝があるともお伝えいただければ」

つまり、手元にある偽物のサシェをどこかで見つけた体で提供すれば、王と次期王妃の覚えがよろしいことになるわけだ。

「流石、王様と次期王妃様ですわね。用意周到ですこと」

ゲーテ公爵夫人から憂いが完全に消えた。

「これで、出回った偽物の対処はできましょう。問題は花瓶を販売した商人です。公爵家の出入りの者でしょうか？」

今のところ、『幻惑草』に繋がる手がかりは商人だけだ。

「初めての顔でしたわ。いつもなら一見さんはお断りするのだけれど、膨大に持参品を用意しなければならなくて、あの花瓶を見せられればお引き取りいただくなんてできなかったの。もちろん、身分の証明のない者から購入はしませんよ」

ゲーテ公爵夫人の目配せで、召使いが目録を持ってくる。

「これね」

ビンズは、ゲーテ公爵夫人が指差した行を確認する。

『調度品・花瓶。購入元・セルゲイ商会』

「……セルゲイ商会？」

「ええ、その商会の通行証を確認しました」

商人や運搬業者が関所を通る際に必要なのが通行証である。

「なるほど、どこかから王都へ運ばれてきたのですね」

花瓶は目眩ましで、サシェに『幻惑草』を仕込み運んだのだ。

巧妙な手を使っている。

花瓶の搬入に見せかけたサシェの運搬。それも、単なる偽物でなく本物そっくりなサシェ。だが、それは仮の姿で『幻惑草』が真の姿なのだろう。幾重にも本意を隠したのだ。

「では、流布のご協力をお願い致します。こちらの商会については我々が調査しますので」

ビンズはゲーテ公爵夫人に頭を下げた。

「いいえ、こちらこそお願いしますわ。サブリナの面目を保ってくださいまし」

ゲーテ公爵夫人が深々と頭を下げた。

ビンズは、ゲーテ公爵夫人に見送られながら屋敷を後にしたのだった。


屋敷を出て少し進んだ先に、ビンズはサブリナの姿を確認した。

夕刻に近づきつつある時間だ。事業部からの帰路であろう。

ビンズは挨拶して城に戻ろうとしたが、少しばかり様子がおかしいと気づく。

お供の者らが、しきりに『大丈夫ですか？』と問うている。

「平気よ、あの程度。もう、私の足は子鹿のように震えるなどありませんから。フィーお姉様には決して伝えないで」

ビンズはその言い様に、一年前の貴族総会を思い出した。

子鹿のように震えたサブリナを挑発して、『紫色の小瓶』について発言させたのはフエリアだ。『紫斑病』を意図して起こしたわけではないと、サブリナ自身に発言させた秀ズは感心した。

逸な展開だった。

その発言により、エミリオの反逆説は霧散したのだから。

サブリナはその時の状況を口にしたのだろう。

サブリナの真っ直ぐになった芯を垣間見て、人は変わるのだと、変えられるのだとビンズは感心した。

一年前は要注意人物であった者が、ここまで変わったのだ。

フェリアという存在に出会って。誇りも立場も木っ端微塵に砕かれただろうに、サブリナの芯は強くしなやかに輝いている。

サブリナは、まだビンズの存在に気づいていないようだ。

「フェリア様にお伝えしなくても、私にはおっしゃっていただけませんか？」

ビンズは、お供の侍女と話すサブリナに声をかけた。

サブリナが、ビンズを認識すると目を細める。

「大したことではありませんの」

ビンズは、サブリナの髪が少々ほどけているのに気づいている。そして、スカートの裾が汚れていることも。

お供の者らにビンズは視線を向けた。

「何があったのです？」

「あ、の……」

お供の侍女がサブリナを窺う。

サブリナが小さく首を横に振った。言うなと命じているのだ。

「サブリナ様に警護をつけるよう進言致しましょう」

「結構よ」

「そうはいきません。サブリナ様に危害を加えた者がいたのでしょう？」

サブリナは大事にしたくないようだ。いや、きっと些末なことだろう。本当に公爵令嬢に危害を加えるような状況があったなら、サブリナ自身がこうも冷静ではいられない。ちょっとした諍いと考えられる。

ビンズは、跪いて懐からハンカチを出し、サブリナのスカートの汚れを払った。そして、立ち上がりサブリナのほどけた髪に触れずに、空気を撫でた。

「この程度しかできませんが」

サブリナが目をパチパチ瞬いた。

「な、何をなさったの!?」

サブリナがほどけた髪を手で隠す。少しばかり頰が赤くなっている。

「いえ？　何もできず申し訳ないと」

ビンズは令嬢に触れてはいけないと、サブリナの髪には触れてはいない。いないが、傍目にキザな行いだっただろう。

　ビンズ本人は気づいていない。

「嫌味を受けた程度ですわ！　この私には日常茶飯事よ。お気になさらずに！」

　サブリナが足早に屋敷に向かっていった。

　ビンズはサブリナの後ろ姿を見送る。

　屋敷に入ったのを確認し、安堵の息が出た。

　踵を返す瞬間、サブリナが振り返った。

　ジッとビンズを見つめてから、おもむろにスカートを摘まみ、膝を折った。淑女の礼をビンズに送ったのだ。

　ビンズは慌てて、胸に手をあてお辞儀した。

　顔を上げた時には、サブリナはもういなかったが。

　ビンズは駆け足で王都を巡る。

『まだどこかにいるはずだ』

　サブリナに危害を加えた者である。

　ビンズは、サブリナの言動からして男性ではないと判断した。嫌味を言った者はきっと女性であると。

　そして、公爵令嬢のサブリナに突っかかるのだから、一人ではないと。

「いい気味」

ビンズの耳にその言葉が届く。

周囲を確認すると、少し離れた場所で令嬢二人がクスクスと笑い合いながら歩いている。

「あなたの扇子捌きは秀逸でしたわ。『土臭い』などと言って、扇いだ先の髪でしたわね」

どうやら、サブリナの髪がほどけた原因は扇子があたったからだろう。

ビンズは二人に気づかれずに、会話を聞く。

「あなただって素晴らしかったではないの。『土いじりの帰りですか？』と、わざと地面を蹴ってスカートを汚したではありませんか」

スカートの汚れの原因も明らかになる。

確かに、サブリナが言ったように『大したことではない』のかもしれない。

しかし、公爵令嬢に対してここまでするのだろうかと、ビンズは疑問に思う。

「次期王妃様に首輪をつけられちゃって、お可哀想なこと」

ビンズは眉間にしわが寄った。

「そうそう。身代わりまでさせられたのよね。あんなに威張っていたのに、お可哀想に」

それが、王都でのサブリナの評判なのか。いや、きっと一部の貴族令嬢の認識不足なのだろう。だが、客観的に見ればそう思う者もいておかしくはない。

事業部で畑仕事をして、セナーダ国の政変時にはキュリー姫の身代わりを務め、現在も次期王妃の下でサシェ事業を行っている。

王城内では、フェリアからの信頼の証とみられるが、王都では違った見方をする者もいよう。なぜなら、サブリナはフェリアを『紫色の小瓶』で亡き者にしようとした首謀者だからだ。

事件後、社交界でつまはじきになったことは致し方ない。ミミリーと一緒に事業部で働くことも、当初不敬を行った二人への処罰的な意味合いがあったのも事実である。

それが尾を引いているのだろう。次期王妃であるフェリアがサブリナを手駒のように……召使いのように使っていると、一部の令嬢は勘違いしているのだ。

ビンズは、遠回りで令嬢の顔を確認した。

それは、知る顔だった。

「お久しぶりです」

ビンズは令嬢に声をかけた。いつものビンズなら、そんな行動はしなかっただろう。マクロンかフェリアに報告し、判断を仰いだはずだ。

だが、ビンズはこの場で、なんとなく懲らしめたいと思ってしまった。

「18番目の元妃様と25番目の元妃様、後宮を退いて以来ですね」

ビンズは、例の見た者が恐怖する笑みを二人に向けた。

この二人は、妃選び最後の夜会に出席せず代わりを立てた。元々裕福な地方貴族の息女で、王城を退いた後は逃げるように地元に戻っていたはずだ。

婚姻式が間近になり、式典参加者として王都に入っているのだろう。

ある意味、ダナンの新しい幕開けに気づいていないのだ。

ダナンの大半の貴族は、新たな時流に乗り遅れまいと活発であるのに、この令嬢はそれを知らないようだ。

「ヒ、ヒャ」

「ヒィ」

ビンズの恐ろしい笑みに、令嬢二人は手を取り合い、腰が引いていく。

「失礼、突然声をおかけして、驚かせてしまいましたか」

「い、いえ。では、失礼しますわ」

早々に退散しようとする令嬢を気にも止めず、ビンズは続ける。

「お二人は確かサブリナ様とご懇意でしたね？」

「え？　ええ、まあ」

令嬢の足は止まり、ビクビクしながらビンズの言葉を訝しむ。

「今や、サブリナ様は次期王妃フェリア様から全幅の信頼を得ておられます」

ビンズの言葉に、二人の令嬢はニヤけた。

言葉をねじ曲げて捉えたのだろう。

「そうですわね。あれやこれやと命じられて……ビンズ騎士隊長も胸のすく思いなのでは？」

ビンズはビックリした表情で首を横に振った。

「何か、勘違いをなさっているようですね。フェリア様は、サブリナ様にお姉様呼びを許すくらいの仲ですよ」

「え⁉　ご冗談を」

令嬢二人がクスクス笑う。

「ああ、ずいぶんお二人は現在の王城に疎いようですね」

ビンズが哀れんだ瞳で二人を見た。

「だって、畑仕事とか身代わりとかをさせられているのでしょ？」

「ええ、しておりますね」

「いいようにこき使われている証拠ですわ」

二人の令嬢は鼻で笑った。

「それは一年前の話ではありませんか。本当に何もご存じないのですね。現在、次期王妃フェリア様の右腕として王城では一目置かれておりますよ、サブリナ様は」

「そんな！　そんなはずはないわ。元妃であるのに、婚姻式の祝い品の準備まで命じられて屈辱にまみれておられるはずよ！」

二人は嘲笑を惜しげもなくさらけ出した。

「……少々、お訊ねします。お二人は信頼のおけぬ者に、晴れ舞台である婚姻式の準備をさせますか？　自身に逆心を抱く者に、婚礼時のお祝い品を任せるなどあり得ぬでしょう」

そこで、令嬢二人が固まった。

「え？　じゃあ、なぜ？　あれ、あれれ……」

ビンズは侮蔑に満ちた目で二人を見た。

「サブリナ様はこの一年で、フェリア様の信頼を得ました。ですが、お二人はどうでしょうか？　あの『お茶会』のメンバーでもあるお二人を、フェリア様はどう思っていましょうか？　いいえ、すでに記憶にも留めていないかもしれませんね。それに比べ、サブリナ様は変わられました。サナギが蝶になるように、見事に舞うことができる力を得たのです」

それが、サブリナの芯だ。

父親であるゲーテ公爵の力ではなく、自身の力で立っているのだ。

ビンズは先ほどの揺るぎなく言葉を発するサブリナを思い出す。

「お二人とも、どうしたのです？　そんなに震えて。体調がお悪いようですね。懇意にしているサブリナ様にお助け願いましょう。ここからそう遠くありませんから、馬車をお貸しいただけるかと」

二人は真っ青な顔をしながらも、首を横に振る。

「け、結構よ」

「ええ、サブリナ様も同じ台詞をおっしゃいました。ほどけた髪も汚れたスカートもそのままに、『大したことではありません』と。警護は要らぬ『結構よ』と」

二人は、ここに至って自身がサブリナにしたいじめを、ビンズに知られているのだと気づいた。

「も、申し訳、ありません」

「いえいえ、私もお二人の貴重な時間を取ってしまいました。汚名を返上もせぬ伯爵令嬢と子爵令嬢が、名誉を挽回した公爵令嬢を貶すなどと、そんな時間などあってはなりません」

ビンズは、あの恐ろしい笑みを二人に向けた。

声にならぬ悲鳴を上げながら、二人の令嬢は逃げていった。

「……一代爵位しかない騎士隊長が貴族令嬢にあのような物言いをするのもおかしいのだが」

ビンズはホッと肩を下ろして、王城に戻っていった。

マクロンの元に医術国アルファルドからバロンに下した処罰の知らせが届いた。

「隠居か」

王位継承権は返上しないまでも、自ら最下位に下り隠居を申し出たとのことだった。

「これで、セナーダの第二王子に処罰を下せる」

現在、ダナン王城内で謹慎中のセナーダ第二王子は、処罰待ちであった。

アルファルド王弟バロンの処罰が決まらねば、セナーダ第二王子の処罰を行えなかったのだ。アルファルドが厳罰を科せば、それ以上の罰を第二王子に科すことになる。罪の比重の問題だからだ。

罪の重さは、もちろんアルファルド王弟バロンの方が軽い。先にセナーダ第二王子の処罰が決まり、後でアルファルド王弟バロンの処罰がそれ以上になってしまっては、矛盾が生じるため、ダナン国はアルファルド国の判断を待っていたのだ。

「通常なら、セナーダ政変の実行者ですから……ダナンで言えば『石台行き』が相当でしょう」

ペレが言った。

実害もある。セナーダ先王と第一王子は快方に向かっているという。ローラとベルも現場復帰している。セナーダの姫がトラウマになっていないのも救いだろう。

しかし、セナーダ第二王子は血の惨劇を起こしたのだ。それも私欲で玉座を得るために。ダナン王城で暗躍した者らは、芳しくない状態でもセナーダ国に送った。それこそ、セナーダ新王アルカディウスが罰を決めるだろう。

「王様、甘い判断は後に自身の首を絞めましょう。どうか、ご決断を」

ペレが求めるのは厳罰だ。

マクロンは重々承知しながらも、回避の方向に頭を回転させる。

ペレの視線が痛いが、マクロンは『石台行き』を命じるつもりはない。

「婚姻式前に血は流せまい」

「……確かに、慶事の前には不適切でしょうな」

ペレが一旦矛を収めた形だ。

婚姻式前に不穏なことをしないのは、慣例である。ダナン国では行わないが、慶事の際に恩赦を与える国もある。

偽物のサシェが出回っていると大々的に探せないのも、セナーダ第二王子に厳罰を科さないのも婚姻式という慶事があるからだ。

婚姻式に水を差すような不穏な行いは避けたいところだ。

「失礼致します。王様、こちらが届いております」

文官が入ってきて、マクロンに文を差し出した。

「誰からだ？」

「フーガ伯爵夫人からでございます」

＊＊＊

初夜の儀式総支配人として、離宮の準備に向かいますわ。

キャッキャウフフができますよう、万全の態勢を必ずや整えますので、ご安心を。

フーガ伯爵夫人キャロライン

＊＊＊

その内容に、思わず文を握り潰す。

「ペレ！　この惨事、どう責任を取る⁉」

マクロンは、ペレにしわくちゃになった文を突き出す。

ペレが文を確認すると、片眉をピクンと動かした後、フォフォフォフォといつもの笑い声を出した。

「これは愉快な文ですな」

「不愉快極まりないが?」

ペレが『はて』と首を傾げた。

「この文の内容に王様の内心と齟齬がありましょうか?」

「な! お、お前……何を、言うか。私の内心は……ゴホン、そう、まあそうだ。……間違いとは言うまい」

マクロンの頬や耳が赤くなっている。

致し方なく、マクロンは窓辺に振り向く。

近衛隊長が気を利かせて、窓を開けた。

夕刻色の空と清んだ空気が心地良い。

マクロンは、頬の熱を鎮めるように、遠くに視線を向けた。

「海まで見えたら気持ちがいいだろうな」

マクロンは、王になって以降王都を出ていないが、以前は幾度か遠出をした経験がある。

最初の遠出はフーガ領を眼下に見渡せる丘だった。

もう傍にいないペレがお供だったと、マクロンは遠い記憶を思い出す。

十五歳になったマクロンに、先王はペレと一緒に視察を命じたのだ。

ダナン国の男子は、十五歳になると親元を離れ宿舎生活を送る習慣がある。貴族も庶民も関係なく、同じ釜の飯を食う仲間になるのだ。

反対に女子は身分を教え込まれて成長する。社交界の暗黙のルールや掟などもみっちり仕込まれるのだ。

王子であるマクロンは、宿舎生活の代わりにダナン国内の視察がそれにあたった。庶民の生活を間近に見て、一般的な宿屋に宿泊し、野宿も経験したりして王城に戻ってくるのだ。

マクロンは初めての海を鮮明に覚えている。

きらめく海に点在する島々を、帆船が行き来している風景だ。

マクロンはペレと交わした会話を思い出す。

＊＊＊

『十五の島々はそれぞれの役割を持っておりますぞ』

ペレがあの島は灯台の役割だとか、手前の島は交易島だとか説明をした。

『あの島の役割は？』

マクロンが高い塔が連なる島を指差す。

『ああ、あれは罪人を閉じ込める島ですぞ』

高い塔の中に、今は海賊の親玉がいるとペレが言った。

『ずっと、そこで過ごすことになるのか？』

ペレがフォフォフォと笑う。

『ほとぼりが冷め、本人の改心によっては……地に足をつけましょうか』

『フーン』

そう答えたマクロンに、ペレが王になればきっと使うはずだと教えた。

＊＊＊

「そうか。フーガなら問題はない」

マクロンは振り返って、ペレに向かってニッと笑う。

「フーガにセナーダの第二王子を送る。幽閉島ならば厳罰に等しいはずだ」

「なるほど、考えましたな。脱走も叶いますまい。助けも不可能ですからな」

フーガ領は十五ある島のうち、門戸が開いているのは五島だけで、他の十島にはフーガ領民しか出入りできない仕組みなのだ。

船での移動しかできない島々である。定期便で繋がっている島以外に、足を踏み入ることは……密航しかないだろう。

だが、海領を治めるフーガ領主の手腕はかなりのもので、海上警備隊が常に密航監視をしている。

「早々に移送しましょう。お任せを」

ペレが退室した。

入れ替わるように、ビンズが入ってきた。

「どうであった？」

マクロンは、ゲーテ公爵夫人の証言をビンズから受ける。

「セルゲイ商会？」

聞き覚えのある名に、マクロンは記憶を辿る。

「私もどこかで聞いた覚えがあるのですが、まだ思い出していません。これから商会簿を確認します。しばしお時間をください。それと」

ビンズがそこで、思案する表情になる。

「どうした？」

「別件ですが、サブリナ様のことで少々……、一部貴族令嬢から邪険にされているようです」

マクロンはビンズの話を聞く。

少しばかり呆れたのは、ビンズの行動にだ。

「お前、やりすぎだぞ」

「はっ、自覚しております。しかし、少し危惧するのです。現在、ミタンニ貴族の選定中ですが、選定後、選ばれなかった貴族らはどう動くかと。ゲーテ公爵様に隙はないでしょう。もちろん、ミタンニ王妃となるイザベラ様も、警護の騎士で守られております。サブリナ様は一番狙われやすい存在になるかと」

マクロンは、ビンズの危惧に頷く。

「つまり、サブリナだけ警護が手薄だということか」

サブリナが数名のお供だけで馬車も使わず帰宅しているのは、そういう事情がある。ゲーテ公爵やイザベラに馬車も警護態勢も集中しているからだ。

元より、王城とゲーテ公爵家は目と鼻の先にある。

「はい。今回は令嬢が絡んだだけです。いえ、サブリナ様は日常茶飯事だとおっしゃっておりました。きっと、一年前からそのような扱いをされているのでしょう。このままの態勢では危険だと思います」

その危険は、二つ考えられよう。

マクロンは一本指を立てる。

「ミタンニ貴族に選ばれなかった者が、サブリナを攫い、ミタンニ貴族になれるように脅す」

二本目の指を立て、マクロンは続ける。

「サブリナの華を奪い……ゲーテ公爵家を継ごうと画策する」

ゲーテ公爵家に男児はいない。イザベラとサブリナの姉妹だけだ。どちらかが婿を取り公爵家を継ぐことが妥当で、一年前の紫斑病時には、エミリオとイザベラを婚姻させ公爵家を呑み込む下準備もしていた。

エミリオに公爵を継がせようと、マクロンは当時考えていたからだ。

「襲われただけでも、もしくは未婚の貴族令息と一緒にいただけでも、騒ぎ立てられれば『責任を取ります』となるでしょう」

マクロンは大きくため息をついた。

「失念していた。確かにその可能性は低くはないだろう。イザベラ同様に警護をつかせるか」

「いえ、それはなりません。騎士は王家だけを護衛する原則があります。王都の警邏以外で個人に警護を出せない決まりです」

「それも、失念していた。参ったな。だが、騎士以外をサブリナの周辺につかせるわけにもいかない。それこそ、そういう間柄だと誤解されてしまう」

マクロンもビンズもなかなかいい案が出てこない。

「ゲーテに確認し、婚約者候補を確認するか。いや、それもミタンニ復国で白紙に戻したとゲーテは言っていたな」

それこそ、ゲーテ公爵家をサブリナと共に継承する者を選ばねばならないからだ。

「誤解が生じない騎士がいればいいのだが……」

マクロンはそう言ってから、ジッとビンズを見る。

「……適任が目の前にいたとは」

ビンズが首を傾げて、周囲を確認した。

マクロンはニヤリと笑って指差す。

「わ、私ですか⁉」

「……というわけで、サブリナ様をお連れしました」

翌日、ビンズがサブリナと一緒に31番邸にやってきて、昨日からの一連の内容をフェリアに伝えた。

ビンズは、マクロンに出退勤をサブリナと共にするよう命じられたのだ。騎士の称号だけで、継承貴族位のないビンズなら、誤解を生むことはない。

サブリナはそっぽを向いてふて腐れている。

「言うなと申しましたのに！」

サブリナが地団駄を踏むようにビンズに言った。

フェリアは、ビンズとサブリナの状況を理解し、二人の微妙な間に、なぜかこそばゆさを感じた。

「そうはいかないと、散々説明致しましたが？」

ビンズがすぐさま言い返す。

説明とはサブリナのおかれている状況のことだ。

「放っておいてくださいませ！　そうすれば、今のダナンによろしくない貴族が私にちょっかいを出します。そうやってあぶり出せば、ダナンの足を引っ張る悪玉を明確にできましょう」

サブリナの発言に、フェリアもビンズも目を見開く。

「サブリナ、あなたわざと……わざと自身を囮に？」

フェリアは、サブリナがそんなことをしているとは思わなかったのだ。

「その中に、偽物のサシェを手がけた貴族がいるかもしれません」

サブリナがビンズをキッと睨む。

「あなたの出番はそこからでしてよ」

「なんと、無謀なことを！」

「失礼ね！　あなた如きに私の崇高な計画が理解できるものですか⁉」

「崇高でなく無鉄砲でしょうに！」

「まあ、酷い！　私にはサシェ事業を任された責任がありますのよ。問題が生じたら、その対応に尽力するのは間違っておりますの⁉　事業の楽しいところだけ手がけて、問題を他の方に丸投げするなんて、恥ずかしいことですわ。それこそ、貴族令嬢のお遊びに思われてしまいます。私は！」

サブリナの瞳が潤んでいる。

ビンズがサブリナの言葉と表情にハッとした。

ゲーテ公爵がマクロンからの信頼を得て、大仕事にあたっているように、サブリナもフェリアからの信頼に応えようと踏ん張っているのだ。

「私は次期王妃フェリア様の右腕を自負しておりますの。あの程度のことで屈することなどありませんから！　ビンズ隊長だって、同じではありませんか？　王様の右腕である自負は、お持ちでしょう」

「もちろんです。しかし……今後、その身が危険に晒される状況がやってくるのです。サブリナ様の身を案じて何がいけないのですか？　私一人程度、傍にいて邪魔になると？　崇高な計画はどうぞ進めてください。私は、あなたの身を守らせていただきます。それが私の崇高な行いなので」

さてさて、フェリアは今困っている。

ビンズとサブリナに、完全に場を乗っ取られた状態だ。

だが、口を挟める状況にない。いや、挟むより眺めていたいように思える。

ゾッドがフェリアに耳打ちする。

『私たちはある意味お邪魔なのでは？』

フェリアとゾッドは、ビンズとサブリナから少しずつ離れていく。

二人はまだ何やら言葉を交わしているようだが、サブリナが動揺しているようで次第に会話の間が開いていく。

口を開くが言葉が続かず、相手を見つめている状況のようだ。

「確かに、ビンズ隊長のあの台詞は……何か、こう、何をとは言いませんが申し込みのようなものですね」

ゾッドがこそばゆいのか、首をブルッと縮ませながら言った。

「そうね。『私は、あなたの身を守らせていただきます』に『一生』が入っていたならそうでしょう。ビンズは自身の発言に気づいていないようだけど、あれは……あの者と同じ香りが漂うわ」

フェリアは、セナーダの新王アルカディウスを思い出す。

「私も同じ方を思い出しております」

「あっちは、『麗しき高貴な女たらし』。こっちは『天然で崇高な女たらし』ね」

ゾッドがフェリアの言い回しに『ブッ』と笑い出す。いや、他のお側騎士も噴き出していた。

ビンズとサブリナが、やっと周囲の異変に気づいたようだ。

サブリナがズンズンとフェリアのところにやってくる。

プリプリしながら、頬が若干赤いサブリナに、フェリアは腕を掴まれた。

ビンズも、頭を掻きながら面目なさげにゾッドの横に並んだ。

「申し訳ありません。少々、熱が入ってしまって」

ビンズのその物言いもいかがなものか。

フェリアは、腕を絡ませ顔を隠すサブリナにも聞こえるように口を開く。

「大事な方を守る態勢を論じるのですから、熱がこもって当たり前ですわね」

「はい。サブリナ様の御身は私が必ずや守ってみせます」

もう、この天然は本当にいただけないとフェリアは思うが、サブリナがなんだか安心したように体を弛緩させたので、きっとサブリナ自身も望んでいることだと理解した。

一年以上も嫌味を受けてきたのだろう。その緊張を保つにも限界だったのかもしれない。

背筋を伸ばし続ける緊張感は計り知れぬ疲労であろう。

偽物のサシェによって、サブリナは精神的に追い込まれていた可能性もあるのだ。体の弛緩がその証拠である。

「ビンズ、お願いしますね。私の右腕ですから、傷一つつけないで」

「はっ」

ビンズが『退勤時にまた迎えに来ます』と言って下がっていった。

サブリナがビンズの背に淑女の礼をする。

フェリアはビンズを呼ぼうとしたが、サブリナが制した。

「私の気持ちですので」

だが、ビンズは門扉を出て振り返り、サブリナに対してだろう。胸に手をあてお辞儀した。

サブリナの表情が綻ぶ。

フェリアは、どんな感情かは別にして、想い合う二人に心が温かくなった。

4 解決という違和感

31番邸に急ぎの知らせが届いたのは、ビンズが出ていってから一刻も過ぎていない時だった。

「マクロン様から緊急の知らせよ」

フェリアはゾッドに告げて、振り分けられた政務を中断し、温室へ向かった。

中庭から温室へと急ぐ途中、フェリアに追いつくように今朝会ったばかりのビンズがやってくる。

「ビンズ、緊急なのよ」

『今日はいつから三十一日になったのです？』と声をかけられる前に、フェリアは告げた。

「その緊急は私からです」

ビンズは昨夜からダナン国全域の商会簿を漁っていた。

その結果が緊急事案だったのだ。

「中でお話し致します」

フェリアとビンズは同時に温室に入った。

そこには、マクロンのみならずペレまでいる。

「何があったのです？」

フェリアは問うた。

「『王妃のサシェ』の首謀者が判明したようだ」

マクロンがビンズを見ながら答える。

ビンズが目礼で返した。

四人はすぐにティーテーブルに座る。

「では、早速ご報告致します」

ビンズが資料を皆に配って立ち上がる。

「昨日のゲーテ公爵夫人からの話は、すでにご存じかと思いますので省略致します」

ゲーテ公爵夫人から聞いたことは、四人の間では昨夜のうちに共有済みだ。

「ダナン全域の商会簿から、『セルゲイ商会』の登録を探しました。資料をご覧ください」

フェリアは資料を捲り、商会の一覧を目にする。

商会名と会長名が記されており、貴族所有の商会には家名が載っていた。

「登録番号二百十一をご確認ください」

フェリアはすぐにセルゲイ商会の行を発見した。

「……セルゲイ男爵家？」

貴族所有の商会のようだ。

フェリアは何か引っかかりを感じた。

「キャサリンを覚えていらっしゃいますか？」

ビンズの問いに、フェリアはハッとした。

「セルゲイ男爵家の末娘キャサリンか。フェリアを『眠りの花』で昏睡させた元侍女だったな」

マクロンが少し動揺したフェリアを気遣いながら言った。

「サブリナ様がおっしゃっていたように、よろしくない感情を持つ貴族でしょう」

ビンズが続ける。

「あの一件は、公にはなっていません。アルファルドの『秘花』である『眠りの花』『目覚めの花』を公にはできませんし、フェリア様昏睡事件は貴族にも知られていません。ゆえに、セルゲイ男爵は真相を知らないのです。キャサリンは、次期王妃様への不敬により、鉄鉱山の賄い係に飛ばされたことになっております」

そこで、ビンズが少し息を吐いた。

「フェリア様にミミズの不敬を行ったミミリー様はジルハン様の婚約者に、フェリア様を亡き者にしようと不敬以上の計画をしたサブリナ様は、貴族総会で吊し上げに遭いながらも、フェリア様の右腕になり祝い品のサシェ事業を任されている。なんの不敬なのか知らないが、キャサリンは鉄鉱山行きになり目もかけられない」

　フェリアは、ビンズと同じく息を吐く。

「ええ、確かにそうだわ。ミミズのことは後宮の洗礼と軽んじられましょう。しかし、セルゲイ男爵からしてみれば、サブリナは取り立てて、自身の娘は追いやった。キャサリンが私を昏睡させたことを知らないから、私やサブリナによろしくない感情を抱くでしょうね」

　こんなところに火種が燻っていたのだ。

「セルゲイ商会は、陶器を主に扱って商売しています。セルゲイ領は多くの窯元があり、陶器品で有名だと。陶器の調度品には定評があり、新品から年代物まで取り揃える商会のようです」

　低位の男爵家だが、それなりに裕福な貴族だったのだ。

　だが、キャサリンが次期王妃への不敬が原因で鉄鉱山行きと処罰され、社交界でつまはじきに遭う。陶器品の商売も引き波のように顧客が減っていく。坂を転がるように没落していったのだ。

「起死回生の機会を窺っていたところ、婚姻式という機会が訪れました。祝い品のサシェの偽物を作り、陶器品と抱き合わせて販売しようと画策したのでしょう。関所の通過記録を確認すれば陶器品の運搬記録が出てくるかと」

想像に容易い。

「確かにその想像はあたっていそうだわ。でも、『幻惑草』まで仕込んで、わざわざゲーテ公爵家に購入させた理由は？　……いえ、セルゲイ男爵の心情からして、私とサブリナによろしくない感情を抱いていたのだから、一儲けでは気が収まらなかったのね」

　ビンズの先の説明が物語っていた。

「定評のある陶器品を用意し、禁止されている薬草を仕込んだ『王妃のサシェ』を、さも本物の如く、その事業を手がけるサブリナ様の家にわざわざ購入させたわけですな」

　ペレが、ダナンの狡猾な貴族らしいとつけ加える。

「フェリア様とサブリナ様への意趣返しを決行したのでしょう。そこから足がついたのですから、間抜けとも言えましょうが」

　ペレが嘲笑した。

　マクロンもフンと鼻で笑う。

「その間抜けもこちらには好都合。証拠が集まり次第、セルゲイ男爵を捕らえよ」

「はっ！　ゲーテ公爵夫人の見立てでは、三日程度で『王妃のサシェ』が偽物だと拡散されましょう。提供を急ぎ、証拠を揃えたのちセルゲイ男爵を捕らえます！」

「ああ、そうしろ。婚姻式前だ、速やかな解決が望ましい。『王妃のサシェ』がこれ以上出回らないように、監視をつけよ」

解決は目前に思われる。

たった数日で、首謀者まで辿り着いたことにフェリアは肩すかしを食らった気分だ。

『幻惑草』の出現に、大事になる予感がしていたのだが、拍子抜けした。

そんな簡単な解決にならないことを、この時は知る由もない。

証拠集めの数日の猶予が、口封じの時間を与えてしまっていたのだから。

翌日、フェリアの元に『王妃のサシェ』が届けられる。

ゲーテ公爵夫人の社交の早さに、フェリアは脱帽した。

「ビンズ、謝意と一緒にこれも」

フェリアは、回収したサシェの代わりに特製美肌茶を贈る。これで、きちんと次期王妃に届けられたと安心するだろう。

薬草茶はフェリアの代名詞のようなものだからだ。

「お預かり致します」

フェリアは届けられた三つの『王妃のサシェ』を解いて中を確認する。

「やっぱり入っていたわ」

サシェの中には『幻惑草』が仕込まれていた。

フェリアは、厳重に管理するように控えているローラに命じた。カロディア領の者にしか、預けられない薬草だからだ。

「明日、明後日にはもっと回収できるでしょう。今のところ、この三つともセルゲイ商会の者が売りに来たと証言が取れました。どの貴族家も、ゲーテ公爵家と懇意で、ミタンニ復国も下支えすると気概を表明した、時流に乗った方々です」

セルゲイ男爵が恨めしいと思う貴族ということだ。

「セルゲイ男爵の屋敷の動きは？」

昨日の緊急会議直後から、セルゲイ男爵の王都の屋敷は監視されている。

「何も動きはありません。それどころか人の出入りもなく、静まり返っています」

「こちらの動きが知られている可能性は？」

「ないかと。静けさは、落ちぶれた貴族邸にはよくあることです」

屋敷で働く者さえ、去ったということだ。

それどころか、夫人も嫡男も王都の屋敷を不在にしている。キャサリンの不敬により、肩身が狭く地方に引っ込んでいるようだ。

商会の者ぐらいしか、今のセルゲイ男爵の屋敷にはいないのだろう。

「婚姻式が待ち遠しいかもね。すでに、恨めしい貴族への意趣返しは終わっていて、ほくそ笑んで待っているのかも。『王妃のサシェ』を販売して一儲けを夢見てね。ダナンに『幻惑草』が蔓延し、自身のように国も落ちぶれても構わないと逆恨みして」

ビンズが同意だと頷いた。


翌日もその翌々日も31番邸に『王妃のサシェ』が届けられた。

予想に反して、数個ずつしか提供されない。

今日もまたビンズが『王妃のサシェ』をテーブルに置く。

「フェリア様、本日の分です」

「二つ……今日までで合わせて八つしかないのね。それに、全部が花の刺繍。この図柄しか盗めなかったのかしら？」

中からはやはり『幻惑草』が出てくる。

「他の証拠集めは？」

「関所の通過記録を確認できました。やはり、多量の陶器品を王都に搬入しています。きっと、どの陶器にも『王妃のサシェ』が入っていたのでしょう」

セルゲイ男爵を捕らえ、押収すれば蔓延は防げるだろう。

「いつ決行を？」

セルゲイ男爵の屋敷に乗り込む決行日のことだ。

「できれば、なんらかの動きがある際に、現行犯として言い逃れできないよう捕らえたいと思います。屋敷にブツがあるかどうかの確認ができておりませんので」

「そうね。例えば、花瓶の価値を上げようと、旅の商人からサシェを購入し入れたが、中にそんな物が入っていたなど知らなかったとも言い逃れできてしまうわ」

フェリアの言葉にビンズが頷く。

「あと数日待っても動きがなければ、王様の許可を得て乗り込み、確実な証拠を見つけ出します」

ビンズが退室した。

フェリアは寝室で、ローラと一緒に『幻惑草』を確認しながら、拍子抜けしている。

「こんなに簡単に解決なんて……奇妙な感じだわ」

フェリアの内心は、奇妙と表すより違和感と言った方が正しい。

何かがしっくりきていないのだ。

「どうやって図柄を盗み、どうやってサシェを用意したのかしら？」

その疑問は解決していない。

「捕らえれば、全て判明するさね。セルゲイ男爵とやらが犯人なのは明白さ。屋敷を押さえれば全部わかるさね」

早々に犯人がわかり、その証拠も証言もある。確かに疑問は捕らえれば判明することだろう。

数日後には、違和感は解消されるはずだ。

ローラがフェリアに布団を被せる。

「さっさと、寝なさいな。簡単に解決したことに頭を悩ませるなんて本末転倒さね。セナーダの政変のような大事の後だから、物足りなさを感じるさね」

「それもそうね」

芽吹いた違和感を、ローラの言葉で納得させた。

数日はあっという間に過ぎた。

今頃、ビンズはセルゲイ男爵の屋敷を囲んでいることだろう。

結局、屋敷に動きはなかった。現行犯は諦め、セルゲイ男爵を捕らえる命令が出されたのだ。

フェリアは女性騎士候補の様子を見に闘技場へ向かっている。

「こちらも結果を出さないと」

婚姻式前に、フェリアは離宮に移ることが決まっている。

それには、女性騎士を随行させる予定である。レンネル領とフーガ領から来た女性騎士候補が合格できれば、ローラとベルも合わせて六人態勢を取れるからだ。

あの手合わせの日から七日ほど経っており、フェリアは再度女性騎士候補の鍛錬を見ることになっていた。

「今日の試験をもって、合否を決めるようです」

ゾッドが言った。

「今はレンネル対フーガでなく、それぞれを組ませて戦っているのよね」

前回の反省を踏まえて、ボルグが色々な組み合わせで鍛錬を行っていたようで、だいぶ連携が取れているらしい。

「そういえば、離宮の準備にフーガ伯爵夫人が向かったと伺いましたが？」

ゾッドの言葉に、フェリアは『そうね』と軽く返答した。

「あの方は、少々感覚がズレておりますから、準備でなく遠出の気分でしょう。……予想するに、『海が見られないのに慣れないから、湖でも見てきますわ』だと思うのよ」

「なるほど、正解のような気がします」

お側騎士らもゾッドと同じ意見のようで頷いている。

ペレは離宮の準備に、管轄下の事業係を稼働させた。フェリアが王城の体制を整備したおかげで、準備の態勢に時間はかからなかったのだ。

事業部が主導し、離宮の運営に必要な料理係や洗濯係といった人員を、各方面に一括で指示できた。今までなら、根回しやら調整に時間を取られていたが、命令指揮系統が整っており、一括指示が出せたのだ。

そして、フーガ伯爵夫人は号令係として離宮に入っている。人員だけ準備しても、離宮は整わない。人員に指示を出す者が必要だからだ。フェリアが到着するまでの、女主人の代行である。

きっと今頃、本人には悪気のない辛辣で実直な指揮を発揮していることだろう。

「そろそろ時間です。闘技場へ参りましょう」

ゾッドが今日の予定を確認しながら促す。

フェリアはお側騎士とローラとベル、数名の王妃近衛を連れて闘技場へ向かった。

フェリアが闘技場に入ると、女性騎士候補らがいっせいに膝を折った。

ボルグが満面の笑みでフェリアを見ている。

「ええ、完璧ね」

「前回のあれに比べれば、呑み込みが早く助かりました」

あれとは、エルネのことだろう。

エルネは現在、ベルが働いていた鍛冶場で、ベルの父親である親方からみっちり仕込まれているようだ。

「それも、次期王妃様が鼻っ柱をへし折ってくださったおかげでしょう」

ベルからそのように聞いている。二人は、文を交わす仲になっているのだ。

「私ではなくて、ローラだわ」

背後のローラが肩を竦めた。

「さて、次期王妃様。最後の試験をどのように致しましょうか？」

ボルグがフェリアに問うた。

「そうね……ここで戦っても、実戦にはほど遠いわ。そうでしょ、ローラ？」

「はい。だだっ広い中で戦うのは戦時だけでしょう。実際、私とベルは31番邸で戦いました。足場の悪いところでの戦闘こそ最終試験に相応しいかと思います」

フェリアと二人だけの時とは違い、ローラが丁寧な言葉遣いで答えた。

「それも敵が多い状況でどう戦うのか、それを見たいわ」

「では、31番邸で行いますか？」

ボルグが提案する。

「いえ、これ以上31番邸を荒らされては、畑が保たないわ」

先の惨劇で、薬草畑が踏み荒らされてしまったのだ。

フェリアは空を見ながら、どの邸宅を使おうかと思案する。

その時、ポツポツと雨が降り始めた。

ゾッドがマントを脱いで、フェリアに被せる。

フェリアは視界の悪い雨の中、魔獣と戦ったカロディア領での記憶を思い出す。

「……雨の戦闘」

フェリアは呟いた。

「なるほど！　確かに雨の戦いなら、視界も悪く足場も悪くなっていきますから、順応できるか見極めができますな」

フェリアは、満面の笑みで返す。まさに、これこそ実戦だろう。

「地面の濡れを見計らって、試験を開始しましょう。ぬかるみでの実戦模擬試験よ。下地が出来上がるまで、騎士の詰所でしばらく待機を」

フェリアの言葉で、一旦試験は中断となった。


「次期王妃様！」

騎士の詰所で待機中のフェリアに、血相を変えた第二騎士隊員が声をかける。

ビンズ率いる第二騎士隊は、セルゲイ男爵を捕らえるため出動していたはずだ。

フェリアは胸騒ぎを覚え、勢いよく立ち上がった。

「何かあったの⁉」

騎士がバッと膝をついて口を開く。

「セルゲイ男爵が意識不明で発見されました！」

「なんですって⁉」

「現在、王城に搬送中です。次期王妃様にも診ていただけないかと、王様のご指示です」

「わかったわ。どんな状態か先に教えて。意識不明だけでは対処しようがないわ」

フェリアは焦る気持ちを抑えて、状況を聞く。

場合によっては、31番邸に戻り薬草を準備してから医務室に向かった方がいいだろう。

「部屋中に甘い香りが充満しておりました。ベッドでうつ伏せになって寝ているようでしたが、一向に起きることはなく、時おりピクピクと体が痙攣し、脈も弱く、目が落ちくぼんでいました」

『幻惑草』を焚くと甘い香りが広がる。

「薬草中毒の可能性が高いわね。その他には？」

正確に言えば、『幻惑草』の中毒症状だ。

セルゲイ男爵自身が『幻惑草』に溺れていたのだろうか。

「掌にリボンが握られていたぐらいです。ビンズ隊長も困惑しておりました。次期王妃様にご覧にいれろと預かっております」

フェリアは騎士からリボンを受け取った。

リボンのことならフェリアが詳しいと思ってのことだろう。

なんの変哲もないリボンだ。ただ、蝶結びにされている。

「これを手に？」

フェリアは首を傾げる。

「それから、犯行を記した日記も押収されました。最後のページには『もうお終いだ』と書かれており」

「中毒死による自害を図った可能性があるのね」

フェリアが察すると、騎士が目礼する。

そこで、フェリアはまた少しの違和感に襲われる。

一儲けを目前で自決？　こちらの動きを知り追いつめられたのかもしれないが、第二騎士隊が動きを知られるようなヘマをするのだろうか。

社交から遠ざかっているセルゲイ男爵家に、ゲーテ公爵夫人の噂は届くはずもない。

その違和感を確かめるように、フェリアは騎士に問う。

「部屋の様子を」

自害する者は身辺を綺麗にすることが多いのだ。

「……一つだけ花瓶が割れておりました」

騎士の言葉に、フェリアの直感がおかしいと疼く。

『幻惑草』を多量に焚いて自害する者が、花瓶を割るのか。それも妙な物を握って。違和感が大きくなる。

「セルゲイ男爵の身につけていた服は？」

騎士がフェリアの言葉に困惑している。

「寝間着でした」

自害を決めた者は、最後ぐらいは身綺麗にするものだ。発見された時のために、高潔な姿を残すのが普通だろう。

『この自害には何かある』

フェリアの直感が主張した。

フェリアは蝶結びのリボンを見つめる。

セルゲイ男爵が発見された時に見せたいものだったはずだ。割れた花瓶も、蝶結びのリボンも。

「花瓶に蝶結び……」

ぞわりぞわりと背を這い上がってくる何か。

「花に、蝶？」

フェリアは気づいてしまった。

「サシェは二つで一対になり完成するのだもの。『花の刺繍』しかないことがおかしかったのだわ。どこかに『蝶の刺繍』があるはず」

フェリアは振り返り、ローラを見つめる。

ローラもフェリアの思考に気づいたのか驚愕の表情を晒した。

「『クスリ』……」

ローラが呟く。

花と蝶のように対になると考えるなら、『幻惑草』の対は『幻覚草』だ。そして、二つを調合して『クスリ』が完成する。

セルゲイ男爵はなんとか伝えたかったのだろう。

『王妃のサシェ』はまだ解決していない。

やはり、容易に終わることではなかったのだ。

「医務室に向かうわ」

フェリアは、ボルグに向かって言った。

「女性騎士試験の……延期は無理よね」

「はっ。婚姻式まで二十日を切っておりますので」

ボルグが背後の女性騎士候補を一瞥する。

「本日試験を行えば、婚姻式の警護に間に合います」

フェリアはセナーダ政変の惨劇が脳裡を過ぎる。今回の『王妃のサシェ』のことも踏まえ、フェリアに女性騎士は必須だろう。

婚姻式で何も起こらないとは限らない。

「試験は任せます」

「かしこまりました」

ボルグが膝を折る。

「ローラとベルをおいていくわ。六人態勢、いえ、一人を私に見立て、他の五人で敵に対応する設定で対戦させて」

「敵はいかほどに？」

ボルグがそう言いながら、両手を広げている。十人でどうだと訊いているのだ。

「ええ、それでいきましょう。私の代役を除いた人数の倍ね」

フェリアは、スカートの裾をサッと持ち上げて普通の鞭を取り出す。

フェリアが装備しているのは、右足に普通の鞭。左足に三ツ目夜猫魔獣の髭の鞭だ。

普通の鞭を、フェリアはあえてローラに渡した。

「ローラが一番強いからあなたが私の代役になって。ローラの背後はベル。ローラは四人の対応には決して手を出さないこと。もしもの場合のみ鞭を使って。ベルは臨機応変に」

つまり、女性騎士候補四人で、第四騎士隊の十人の騎士と戦う試験になる。

ローラとベルがボルグの横で膝を折った。

この場は任せたと、ローラと強い視線を交わす。

フェリアは、ボルグとローラに女性騎士試験を任せ、医務室に向かった。

医務室ではすでに医官がセルゲイ男爵を診ている。

ビンズはいない。セルゲイ男爵の屋敷を捜索しているのだろう。

「次期王妃様、中毒症状です。なんの毒かは」

「『幻惑草』よ」

医官が目を見張る。

「ダナンに密かに入ってきていたの」

医官の表情が険しくなった。

「末期の中毒症状だと思います」

医官がセルゲイ男爵の脈を確認する。

「夢幻世界からすぐに引き戻さねば、このまま死を迎えましょう。ですが、現実に引き戻すべく強い気つけ薬を使えば、体が保ちません」

フェリアも確認のために脈を診る。

「ええ、そうね。この状態からして『幻惑草』を焚き続けたのだわ。きっと何も食べることなく眠り続けている。致死に向かう多量摂取、いえ、多量吸引ね。私の昏睡を思い出さない？」

フェリアは医官を一瞥した。

医官がハッと気づく。

「クコの丸薬！」

「それ以外に方法はないでしょう。体さえ持ち直せば危険な状態は脱するはずよ。セルゲイ男爵の証言が必要になる。必ず助けてあげて」

医官が準備に取りかかった。

ちょうどその時、マクロンと一緒にセルゲイ男爵の屋敷から戻ったビンズが医務室に顔を出した。

「フェリア」

マクロンに促され部屋を出る。

「助かりそうか？」

「医官が必ず助けましょう」

マクロンもビンズもホッとした。

「まさか、自害するとは思っていなかった。さっさと捕らえれば良かったかもしれん」

マクロンが腕組みしながら言った。

「だが、これで一応の解決を見た」

フェリアは首を横に振る。

「自害ではないと思われます」

フェリアの言葉に、マクロンとビンズがビックリする。

「待て、どういうことだ？」

「敵の掌の上で踊らされるところでした。セルゲイ男爵は身代わり。私たちを欺くための餌にすぎなかったはずです」

フェリアは蝶結びのリボンをマクロンに見せた。

「花瓶が割れていて、蝶結びのリボンを握っていたのよね？」

フェリアの問いに、ビンズが頷く。

「死に行く者がなぜそんなことを？　死に行くはめになったセルゲイ男爵は、伝えたかったのだわ。花瓶と蝶結びを。私のサシェは二つで一対。花の刺繍には蝶の刺繍が対になる。花の『幻惑草』の対には蝶の『幻覚草』」

フェリアはギュッと蝶結びのリボンを握った。

「『幻惑草』と『幻覚草』が一つになり完成するのが『クスリ』です」

マクロンの拳が強く握られる。フェリアの手と同じように。

「ビンズ、陶器品と『王妃のサシェ』は押収できて？」

「いえ、屋敷の裏で陶器品は割られ、サシェらしき物は焼き払われておりました。足がついた、諦めるしかないと日記にはその旨が書かれており、最後には『もうお終いだ』と。」

フェリア様の話が本当なら、この全てが偽装で、セルゲイ男爵は罪をなすりつけられたということですか？」

ビンズが考え込む。

「いや、最初からセルゲイ男爵を人身御供にする予定で犯行に加えたのだ。違うか？」

マクロンがフェリアに問うた。

「ええ、セルゲイ男爵も敵の一味と考えられましょう。『幻惑草』を安全に王都へ運ぶためにセルゲイ男爵は利用されたのですわ。陶器品に『王妃のサシェ』を忍ばせれば、怪しまれずに関所を通過できます」

フェリアは続ける。

「私たちの動きは、最初から見張られていたのかもしれません。セルゲイ男爵の屋敷をこちらが囲む動きを察知し、『幻惑草』で自害を装って、敵はセルゲイ男爵を差し出したのだわ。解決という夢幻を私たちに見せるために」

マクロンの表情が険しくなる。

「待て。では、焼き払われた『王妃のサシェ』は」

「『幻惑草』の入っていないサシェでは？　ビンズ、焼き払われた場の甘い香りはセルゲイ男爵の部屋以上だった？」

ビンズがハッと息を吞んだ。

「いいえ！　ほんのり甘い程度で、焦げ臭さの方が勝っていました」

運んだ多量の『幻惑草』を燃やしたなら、甘い香りが漂っていなければおかしい。

「王都に運ばれたはずの『幻惑草』は本当の敵の手にあるのよ」

フェリアはマクロンと視線を交わした。

ここまでの事象を鑑み、自害は覆ったとマクロンが頷く。

「なるほどな、確かに敵の掌の上で踊らされるところだった」

フェリアは頷いて口を開く。

「きっと『幻惑草』はどこかで花のように満開になっているはずですわ。そして、対となる『幻覚草』も花に群がる蝶のように集結するはず。そして『クスリ』が完成するのです。大きな密売、密貿易が婚姻式に乗じて行われようとしているのでしょう」

自由市の露天市場があるダナン国には、多くの商人が押し寄せている。婚姻式は商機だからだ。

本物と見間違う偽物のサシェ、そこに『幻惑草』が入っていた。罪をなすりつける者まで用意して、『幻覚草』や『クスリ』に辿り着けないように画策したようだ。

敵は、並々ならぬ悪意をもって事を進めているのだ。こちらを嘲るように。

「密売、密貿易なら……レンネルが詳しいか？」

マクロンが呟いた。

「レンネルの女性騎士候補に探りを入れましょう。偵察の者なので、何か察知しているかもしれません。婚姻式に乗じた国境の状況を知っているでしょうし」

「今日は、試験ではなかったか？」

フェリアは外を見る。小雨で景色は霞んでいた。

「はい、試験中かと。これから向かいます。試験後に訊いてみますわ」

「ああ、頼んだ。こっちは……敵をどう欺こうか策略を練らねばならんな」

マクロンがニヤリと笑んだ。

「ええ、今度は敵に踊ってもらわねばなりません、私たちの掌の上で」

フェリアもニッと笑い返す。

「ところで、敵の目星は？」

ビンズが言った。

マクロンとフェリアは互いに顔を見合わせる。

「今のところ全くわからんな」

「ええ、全く」

二人の発言にビンズがこめかみを押さえる。

「でも、セルゲイ男爵と同じで、私によろしくない感情を持つ者であることはわかっているわ。だって、二つで一対のサシェの趣向を悪事に転用したのだから。こちらが、花の刺繍の対が蝶の刺繍であると気づくことを恐れずに、それをあえて使った。私を貶めたいよろしくない感情が見え隠れしているわ」

フェリアの言葉にマクロンが続く。

「わざわざ『王妃のサシェ』と名づけるあたり、そうなのだろう。そんな危険を冒さず、あやかり品程度のサシェで決行すれば、事は公にならなかっただろうに」

「フェリア様をよろしく思わない者……早急に調べます。では」

ビンズが何か気づいたのか、頭を下げて駆けていった。

フェリアはマクロンと別れ、女性騎士試験へ向かう。

闘技場に入ってすぐに異変に気づく。

何か緊迫した雰囲気が漂っており、その中心にレンネル領の女性騎士候補一人がいる。他の女性騎士候補の三人は指示通りローラを囲んでおり、ベルはローラの背後に回っている。

たった一人レンネル領の女性騎士候補だけがポツンと前に出て、騎士隊と対峙していた。レンネル領の女性騎士候補一人を中央に、離れた背後にローラたち、対面に騎士隊十名が半月を描くように陣を取っている。

その周辺に他の第四騎士隊の者が点在していた。

「どういうこと？」

フェリアは呟く。

遠く離れたボルグとフェリアは目が合った。

困惑を宿した表情だ。

急ぎボルグのところまで行き、状況を確認しようと思ったが、ボルグが首を横に振りフェリアの移動を止めた。

「中央は、フェリア様の到着に気づいておりません」

ゾッドも緊迫した雰囲気を警戒し探っている。

「そうね。気づかれず、近寄っていきましょう」

フェリアらは、ベルと視線を交わせる位置へと移動を開始する。

つまり、女性騎士候補の視界に入らない位置へ。

ボルグとも時おり視線で会話しながら、動向を確認する。

小雨で霞がかった中で、フェリアは一番視力のいいセオに命じる。

「セオ、中央の様子を教えて」

セオがすぐにフェリアの前方へと回り込んだ。

「……対戦騎士の方々が困惑しております。それと、ローラさんも厳しい表情です。それから……中央のレンネルの者はヘラヘラと笑って、騎士に打たれ……倒れ、ない⁉　嘘だろ？」

「そうね。あのレンネルの者は何度打たれても気にもしていない」

フェリアも視力はいい。セオと同じ光景が見えている。

「なんですか、あれは？」

セオが不気味な者を見るように言った。

「普通は苦悶の表情になるはずが、ヘラヘラしています。そんな馬鹿な……あれじゃあ、とどめを刺さなきゃ永遠に戦いは終わらないですって」

レンネル領の者の異常さに、他の女性騎士候補はローラを囲み、ベルは背後を守っているのだ。

騎士はなんとかレンネル領の者を取り押さえようとするが、無限の体力でもあるのかと思うほど、無茶苦茶に暴れて手を出せない。

悪人なら、槍やら剣でとどめを刺せるが、相手は女性騎士候補で木刀の模擬試験中なのだ。

腹に木刀を打ちつけても、ヘラヘラして怯んでいない。膝を折っても、すぐにピョンと起き上がる様は底知れぬ不気味さを漂わせている。

「常人ではないような様相です」

ゾッドが呟く。

「あれじゃあ、いっせいに攻撃しても無理です」

セオが続いて言った。

同時に飛びかかって捕らえる方法もあるが、女性騎士候補だけでなく、騎士の方にも危険が及ぶ。

フェリアは、ボルグの困惑を理解した。

フェリアはボルグに『任せて』と目配せした。

「悪魔にでも取り憑かれているみたいだ」

セオの言葉は、あながち的外れではないだろう。フェリアは、レンネル領の者に取り憑いている正体を推測できる。

「『クスリ』に取り憑かれているのよ。『改』の準備を」

お側騎士に指示を出し、中央に気づかれることなく、フェリアらは背後に回り込んだ。

ベルが騎士の隙間から、フェリアの存在に気づき目礼した。

これでローラへ伝わるだろう。ローラとベルは声なき伝達も習得済みである。

ローラが振り向きもせず、頷いた。フェリアに送った合図だ。

「ローラ！　鞭の使用許可を出します」

その瞬間、ローラが女性騎士候補らを跳び越えて、鞭を手に取り振り上げた。

フェリアも同時に駆けていく。

お側騎士も同じく左右に二人ずつで不気味なレンネル領の者を囲むように走った。

ボルグもすぐに反応する。

「邪魔にならないよう退け！」

半月の陣営がいっせいに退く。

同時に、ローラの鞭が不気味に佇むレンネル領の者を捕獲した。

だが、鞭さえ引き千切らんばかりに暴れている。緩みかけた鞭から体が解放される瞬間、
フェリアの鞭が不気味なレンネル領の者を捕らえた。

「嬢！『クスリ』だ」

ローラも気づいていたようだ。

「わかっているわ！『改』の使用を！　皆、鼻と口を塞いで‼」

フェリアの言葉を合図に、お側騎士が『剛鉄の泥団子・改』を不気味なレンネル領の者の足下に渾身の力を込めて投げつける。

泥団子は割れたが臭気は漂わない。

ただ、レンネル領の者は突然力尽きたかのように倒れ込んだ。

「縄を持て！」

ボルグが命じる。

「まだ、泥団子の効力が漂っているから口元を覆ってから近づいて」

フェリアは、口元にハンカチを押し当てながら、倒れ込んでいるレンネル領の者に近づく。

「フェリア様！」

ゾッドが慌ててフェリアを止めようとするが、フェリアはレンネル領の者の体を検分した。

『クスリ』を隠し持っているのかと探すがなかった。

「次期王妃様、あとは我ら第四騎士隊が」

口元を布で覆ったボルグがフェリアの横に立った。

「ええ、お願い。この者は王妃塔の特別室へ。これから、マクロン様に報告に向かうわ」

フェリアはそこで、他の女性騎士候補らに振り向く。

「何があったのか調査するから、あなた方も王妃塔の会議室に留まること。事の次第が判明するまで待機。勝手に動き回らないで」

フェリアは王城を見上げた。マクロンの視線を感じたからだ。

きっと、闘技場の試験を見ていたはずだ。

フェリアは、王塔の執務室に人影を確認する。

「王様と……ペレ様のような」

フェリアよりも視力のいいセオには見極められるようだ。

マクロンは闘技場を目にしながら、セルゲイ男爵の件をペレに伝えていたのだろう。

「では、執務室へ向かいましょう。セオ、先に知らせに走って」

「かしこまりました」

駆けていくセオの背を見送りながら、フェリアも王塔に向かった。

「何があった⁉」
執務室に入ってきたセオに、マクロンはすぐに問う。
「レンネルの女性騎士候補一人が、『クスリ』に取り憑かれたもよう。フェリア様とローラの鞭、『眠りの花』を練り込んだ『剛鉄の泥団子・改』を使用し、捕獲しました。フェリア様がもう少しでこちらに到着致します！」

「『クスリ』だと⁉」

マクロンはすぐにペレに『行け』と命じた。

医官の準備もあろう。混乱している現場の監督には、ペレが一番である。

「ペレ様、王妃塔の特別室と会議室をフェリア様は指定されました！」

セオの言葉に、ペレが手を上げて応え出ていった。

「セオ、闘技場の封鎖をボルグに伝えよ！」

マクロンは追加の処置を命じた。

『クスリ』がどこかに存在するかもしれないからだ。その痕跡を、消し去られないようにしなければならない。

敵は思いのほか早く動き出したようだ。

やはり、こちらを見張っている者がいるのだろう。

セオがペレを追っていく。

入れ替わるように、フェリアが入室してきた。

「フェリア、怪我はないか」

マクロンはフェリアに駆け寄る。

「この程度で怪我を負わされるほど、弱くはありませんわ」

「ああ、そうだった。よし、状況を聞こうではないか」

マクロンはフェリアをソファに促す。

「私より、ローラに訊いた方がよろしいでしょう。私が医務室に居る間に起こった事なので、状況を全部見ているのはローラです。ベルは、女性騎士候補らにつけております」

フェリアがローラに目配せする。

ローラが頷いて前に出た。

「フェリア様が医務室に向かったのち、試験の準備に入りました。女性騎士の防具を身につけ、闘技場に向かったのです。フェリア様の指示により、女性騎士候補の四人と私とベル、対する第四騎士隊の十人で実戦形式の試験を始めました。私がフェリア様の代役、ベルが私の背後を守る役目で、実質四対十の試験です」

ローラがここでひと息つく。

「ボルグ隊長の課題はフェリア様を守りながら、第四騎士隊の方々の体力を消耗させることでした。私とベルは極力女性騎士候補に手助けしないことが指示されました」

マクロンに大まかな試験内容が伝わっただろう。

「試験が始まった時には、レンネルの者は普通でした。ですが、途中から突然ケラケラと笑い出して……騎士に突進していったのです。騎士は木刀でいなしましたが、ヘラヘラと笑いながら木刀を振り回し続けます。峰打ちのように腹を一撃しても倒れず、異様な光景でした」

ローラがそこでフェリアに視線を投げる。

「『クスリ』だと気づいたのね？」

フェリアの言葉にローラが目礼する。

「試験前にセルゲイ男爵の知らせが届き、そこでローラは『クスリ』のことがわかっていたのです」

ローラが口を開く。

「ボルグ隊長の指示で、第四騎士隊の方々がレンネルの者の捕獲に動きました。私たちは、そのまま試験を続行していたのです。フェリア様の代役である私を、危険な者から守る実戦に変わりました。普通なら、騎士十人にたった一人の女性騎士候補ですので、すぐに決着するかと思いきや、『クスリ』によってなのでしょう、レンネルの者は倒れませんでした」

それが『クスリ』の威力だ。

「『幻惑草』は夢に誘う薬、『幻覚草』は覚醒の薬、相反する二つを調合することで、精神と体に作用する『クスリ』になります。『クスリ』の一番の効力は『無痛』であること、精神の高ぶりによる『快楽』、それにより自身が『無敵』であるかの如く心身共に『限界突破(とっぱ)』するのです」

フェリアの説明は、まさにレンネル領の者の異常状態そのままだ。

本来、『クスリ』は死期の近い者に少量処方される。苦痛のない死を贈るための『クスリ』なのだ。『幻惑草』と同じで医師や薬師の管理下でしか、使用されない。

『幻覚草』ももちろん、同様の管理が必要な薬草である。極度の疲労(ひろう)でも、心身に目覚めを強制するのが『幻覚草』の効能だ。

そして、『クスリ』が闇(やみ)で流れるのは、苦痛を取り除くために欲(ほっ)する者がいるため。さらに、快楽に身を置きたい者の欲望が『クスリ』に手を出す理由だ。

「あのレンネルの者は、木から落ちて太ももに大きな傷を負っています。雨の日や寒い日になると、傷がズキズキ痛むと言っておりました。雨の試験となり、顔色を悪くしていたのは事実です」

ローラの発言の意味がわからないマクロンではない。

「つまり、古傷の痛みを『クスリ』で対処していた可能性があるということか」

こうなると、レンネル領から来たということがみそになる。

「密貿易を取り締(し)まるべきレンネルの者が、『クスリ』に手を出していた。あの『王妃のサシェ』もレンネル領の森から搬入されたと考えるのが自然だが」

だが、マクロンは自身の言葉にしっくりこなかった。

「あまりに都合が良すぎますね。まるでまた掌で踊らされているような。わざわざ、自分を疑ってくれと言わんばかりの展開だもの」

　フェリアの言葉に、マクロンは頷いた。

「元より、『クスリ』も『幻惑草』や『幻覚草』と同じで、焚いて吸引するものなのです。レンネルの者が女性騎士試験前にどうやって『クスリ』を吸引できたのかしら？」

　フェリアが、ローラに視線を向けて続ける。

「騎士の詰所で、そんなことをすれば誰にだって丸わかりよね？」

「はい。そのようなことはいっさいありませんでした。そんなものを騎士の詰所で焚けば、全員が『クスリ』の餌食になりましょう」

　レンネル領の者以外に、その症状は出ていない。

「ただ、『クスリ』の形態が違い、吸引でなく経口摂取なら可能かと」

　ローラの言葉に、フェリアがハッとする。

「確かに、経口摂取の『クスリ』が開発されたなら……自ら飲んだか、誰かに仕込まれたか。ローラ、試験前に何か思い当たる点は？」

　ローラが考え込む。

「……試験前に口にしたのは、白湯のみです」

　それも騎士全員が口にしている。

「あのレンネルの者だけ、別に口にした物はなかった？」

「はい、ありません。私もベルも、女性騎士候補から離れることはありませんでした。何かを口にしているのを見てはいません」

待機中に上官であるボルグの許可なしに、何かを口にするなどあり得ぬのだ。

「私も居たからわかっているけれど、試験前の鍛錬時では症状は出ていない。騎士の詰所待機中も、何かを口にすることはなかった。試験直前に白湯のみ。誰も何かを口にはしていない。残りは試験中……」

フェリアが思い浮かべながら言った。

「試験の最中に密かに口にしたと考えるなら、やはり自ら飲んだことになろう」

マクロンは眉間にしわを寄せながら言った。

だが、試験中に口にするなど可能だろうか。それこそ、衆目を集めながら。

マクロンにもフェリアにも疑問の表情が浮かんでいる。

「失礼します」

ペレとボルグが入室する。

「闘技場は封鎖しましたぞ」

「何か怪しい物は出なかったか？」

マクロンが問うたのは、常備薬以外の怪しい薬、もしくは『クスリ』の存在だ。

「騎士の詰所を検分しましたが、怪しい物はありませんでした。騎士の連中の所持品も確認しましたが、これといって怪しい物は持っていませんでした」

ボルグが答えた。

「詰所にあった薬箱も医官と確認しましたが、普通の薬しか入っておりませんでしたな」

ペレが続けて答える。

「……レンネルの者が密かに持っていたのか？」

「いいえ、倒れてすぐに私が衣服を調べましたが、何もありませんでした」

フェリアが、マクロンの問いに返した。

残った可能性は限られてくる。

「女性騎士候補だけか」

ボルグやペレでは検分できない。ローラやベルに任せるしかないだろう。

「ローラはすぐに身体検査を。その間に、宿舎の所持品を調べるようにベルに伝えて」

ローラが出ていった。

代わりに文官が顔を覗かせ、申し訳なさそうに告げる。

「王様、面会が入っておりますので……」

フェリアが立ち上がる。

「全ては『王妃のサシェ』が始まりでしょう。敵は、私に挑んできているのですから、私が相手をしてあげますわ」

その時、陽の光が部屋に差し込んだ。

雨が上がり、太陽が姿を現したのだ。

小鳥がパタパタと飛んでいく。

「マクロン様、私にお任せを」

マクロンは、陽の光に佇むフェリアに見惚れる。

フェリアには、何か考えがあるようだ。

「この件をフェリアに預けよう」

「敵の尻尾を必ずや摑んでみせますわ」

マクロンの命に、フェリアが膝を折ったのだった。

5 敵の尻尾

政務に戻ったマクロンの元に、予想もしていなかった来訪者が現れた。

入国の許可は出したが、まさか面会に訪れるとは思っていなかった。

「お世話になりました」

アルファルド王弟バロンが深々と頭を下げた。

「隠居はもう飽きたのか？」

マクロンは呆れたように問う。

バロンが頭を掻きながら、『隠居から放浪に変更しました』と告げる。

「よくセナーダ国が通したものだな」

「はい。新王アルカディウス様のご配慮で、なんとか航行せずにダナンに入れました」

ダナン国に入るには、陸地ではセナーダ国かターナ国を経由するしかない。

セナーダ政変の一役だったバロンは、関所で門前払いされても仕方がない。

それでもセナーダ国が通行許可を出したので、マクロンもバロンにダナン国の入国の許可を出したのだ。

その足で王都までやってきて面会の申請までしたのだから、マクロンは面食らっている。

「実は、ずっと心残りだったカロディア領への視察を、私人として向かおうとアルファルドを出奔致しました」

確かにバロンの出で立ちは、王弟でなく旅人のような軽装である。

そして、誰もお供はついていない。完全に今までの地位を捨てたのだろう。

「全く、アルファルドには遠慮という言葉がないのか？」

マクロンはそう言いながら笑った。

「ハハ、面目ありません」

「それで、わざわざ顔を出したわけを伺おう」

カロディア領に向かえばいいものを、わざわざ王城に来た理由である。

「はい。これまた遠慮のない申し出になりますが……監視下でも構いませんので、セナーダ第二王子、いえ、現在は王兄となりましょうか。彼の者との面会を希望致します。彼に頭を下げていないことも心残りなのです」

バロンの反省の意思は、隠居から放浪という懺悔に変わったのだ。

「すでに、フーガ領に送った。命は取らぬ、安心せよ」

「はい、感謝致します。元々、セナーダの隣国から航海でフーガ領に入る予定でしたので、セナーダ第二王子が移送されたことは耳にしました。ですが、領民しかその島には入れぬと聞き、こうして入島許可を頂戴しに、恥も外聞もなく参った次第です」

確かに、幽閉島にはフーガ領民しか出入りはできない。だからこその幽閉島なのだ。他の者との接触が脱走に繋がる可能性になるからだ。

「……許可を出すわけにはいかぬ」

マクロンはそれ以外の答えを持ち合わせない。

バロンは瞳を伏せ気持ちを呑み込んでいるようだ。

「叶わぬとは思って参りました。一拍の考慮までいただきありがたき幸せに存じます」

マクロンが即答しなかった配慮に、バロンが敬意を払った。

マクロンの視線は、バロンでなく背後の少し開いた扉に向かう。

コソコソならまだ無視できるのだが、完全に覗いていますと言わんばかりで、存在感が半端ない。

「フーガ夫人、そこまで圧をかけておいて、今さら顔を引っ込めても説得力はない」

マクロンの言葉に、バロンが振り向いた。

フーガ伯爵夫人がスキップでもしそうな軽やかな足取りで、バロンに並んだ。

「お初にお目にかかります。アルファルド王弟バロンにございますが、現在は放浪の私人として旅をしております」

バロンがすかさず挨拶をする。

「アルファルドの放浪王弟にして、吟遊詩人なのね。私もよく海を見ながら詩を詠むわ。私はフーガ伯爵夫人よ。あなたを私の領にご招待するわ！」

マクロンは先ほどの圧を理解した。

フーガ伯爵夫人の招待なら、入領は可能だろう。

「実は、私もあの幽霊島を探検したいと思っていましたの。この前の船レースでも負けましたし。きっと、秘密が隠されているはずだわ。フーガ領の中でも、あの島に私は一度も足を踏み入れたことがなくて、虎視眈々と機会を狙っておりました。バロン吟遊詩人！ここで逢ったが一度目、私のお供に指名しますわ！」

さてさて、マクロンは頭痛がしてきた。

どうやら、フーガ伯爵夫人は何かに毒されたようだ。きっと、離宮にあった探検書の類いに影響されたに違いない。

「フーガ夫人、幽霊島でなく幽閉島だ。罪人の島に夫人が入ろうとする方が間違っている。それに、バロン公は吟遊詩人ではない。公人でなく私人という意味合いで放浪……コホン、外遊の最中なのだ」

完全に石化したバロンに変わり、マクロンは言い返す。いや、言い正すか。

「それに、お役目はどうしたのです？」

離宮の準備に向かったはずである。どうして、王城に舞い戻ってきたのかと問うた。

「離宮の準備は整いましたわ。次期王妃フェリア様をお迎えに参ったのです」

フーガ伯爵夫人は、マクロンに膝を折った。

ここにきての完璧な返答と所作はやはりフーガ伯爵夫人なのだ。

「迎えにしては、早すぎる」

フェリアは明日から王妃塔で『王妃のサシェ』の指揮を執ることが決まった。婚姻式まで二十日を切った状況で、一連の件を詳らかにしなければいけないのだ。

正確に言えば、婚姻式三日前には離宮に向かわねばならず、解決まで二週間程度しか猶予がない。

「ええ、ですからその前にバロン吟遊詩人と探検に出かけたいと思うのです。私、あの島には秘密があると睨んでいますの。必ず婚姻式三日前には戻って参りますわ。では、ご機嫌よう」

フーガ伯爵夫人がバロンに手を差し出す。

バロンは『え?』とフーガ伯爵夫人を見た。

「まあ、酷い。エスコートもしてはくださらないの?」

バロンは慌ててフーガ伯爵夫人の手を取り、マクロンに視線を投げた。

「バロン公、フーガ夫人の直々の招待だ。我に、異論はない」

「ありがたき幸せに存じます」

バロンがマクロンとフーガ伯爵夫人に頭を下げる。

「だが、バロン公……実感しての通り、お供は楽ではないと心得よ」

マクロンの言葉の意味がわからぬバロンではない。

フーガ伯爵夫人を一瞥する。

「ええ、そうね。お供をもう少し増やしましょう。王様、ソフィア貴人も連れて参りますわ。そうすれば、あの島の謎が解けるはずですから！」

マクロンは思った。『それはありがたい』と。同時に、バロンへ同情を寄せるが、これもあのセナーダ政変の処罰だと呑み込んだ。


フーガ伯爵夫人とソフィア貴人、バロン公爵という濃いメンバーが出発したのは、翌朝だった。

レンネル領とフーガ領の女性騎士試験のことは、二人の耳にはそれほど詳細には届いていない時だ。

マクロンにしてみれば、ソフィアとフーガ伯爵夫人が首を突っ込んでくるとややこしくなることはわかっていたので、バロンには悪いが『ありがたい』と思った。

まさかそれが『王妃のサシェ』に繋がろうなど、この時のマクロンは気づいてもいなかった。

フェリアは急遽王妃塔へと居を移すことになった。報告に二度手間をかけさせないためだ。

マクロンへフェリアにもと報告が二方向になると、齟齬や語弊が生まれ正確に伝わらない可能性がある。

マクロンはまだ婚姻式前の政務が片づいていない。

だからこそ、昨日決まったように、今回の件はフェリアが主導する形になる。

フェリアは王妃塔の執務室に入った。

「少しだけ警護体制を強化しております」

ゾッドが告げる。

『クスリ』が王城で使われたのだから当然だろう。バルコニーと各扉の前に二名ずつの配置になっていた。

「ご指示通り、特別室も同様の警備になっております」

レンネル領の者を寝かせている部屋のことだ。セナーダ政変時でも使われたが、特別室とは居心地の良い牢屋のことである。

「失礼致します」

ローラとベルが入ってきた。

フェリアの指示で昨日から、ローラは女性騎士候補の身体検査、ベルは所持品を調べていた。

「身体検査をしましたが、『クスリ』はありませんでした」

「所持品にも『クスリ』はありませんでした」

「そう……どこにも『クスリ』はない」

最後に残ったのは、やはり異常を起こしたレンネル領の者自身になる。

だが、昨夜意識を失ったレンネル領の者にもう一度身体検査をしたが、何も見つかっていないのだ。

「『クスリ』以外におかしな物はなかった?」

フェリアの問いに、ローラとベルが顔を見合わせる。

ベルが戸惑いながら口を開いた。

「携帯食だと思いますが、フーガ領の者は種袋を、レンネル領の者はクルトン袋を所有していました。試験時にはその袋は持参していませんが」

海上での携帯食と、木の上での携帯食なのだろう。女性騎士候補として、王城に召し上げられても、習慣は変えられないものだ。

「確かに、その携帯食なら試験中に口にできたかもしれないわね」

フェリアは、ベルの伝えたいことを察した。

「そうね……試験中に『クスリ』の摂取は可能だわ」

「私も鍛冶場で働いている時は、塩を舐めて小刀を鍛錬していました」

汗を掻く鍛冶場なら、その摂取は必要なのだ。

結局、レンネル領の者自身が口にした以外の答えはないだろう。

「昏睡中のレンネルの者を見舞うわ」

フェリアは王妃塔の特別室に向かった。


女性医官が、レンネル領の者についている。

ちょうど、体を拭き終わったのだろう、布を手に持っていた。

体を拭いていたため、警護の騎士は部屋から出ている。

フェリアも、お側騎士を廊下で待たせ、ローラとベルだけで部屋に入っていた。

「具合は？」

「早朝より、だいぶ発汗しております」

昔から、発汗は体の悪いものを排出すると言われている。

「毒素を出し切った方がいいわね。『目覚めの花』は使わないで」

『眠りの花』を仕込んだ『剛鉄の泥団子・改』で、レンネル領の者を昏睡させているのだ。

『クスリ』が抜け、体が持ち直せば自然に目覚めるだろう。

フェリアは、レンネル領の者の額に手を置いた。

熱はまだあるが、それも治まってくるだろう。

顔色や脈、目の充血を確認し、女性医官に頷く。

フェリアはベッド脇に積まれた布類に視線が移った。

「これは？」

「医官の総意で『クスリ』がどのような発汗を経過するのか調査するため、保管しております」

女性医官の説明にフェリアは、ここにガロンがいたら、医官らと同じ発想をして寝ずに調べていただろうと思った。

試験当日の衣類も置かれている。

フェリアは、ジッとそれらを見る。汗を拭ったそれらを。

ベルの言葉がフェリアの脳内にサッと過ぎる。

「……そっか、そういうことね！」

フェリアは、女性医官を抱き締めた。

「ありがとう！　感謝するわ」

女性医官が固まっている。

フェリアは勢いそのままに、控えているベルにも飛びついた。

「『クスリ』はやっぱり本人が口にしたのだわ。ベルのおかげよ」

「何か掴みましたか、フェリア様」

ローラがニッと笑っている。

女性騎士の装備を、フェリアは手に取った。

「目の前に答えはあったの」

フェリアはグローブを手に口角を上げた。

「会議室に向かうわ」


特別室を出ると、ペレとボルグが待っていた。

「いやはや、報告先の主が動いているとは」

ペレがフォフォフォと笑う。

「待ちくたびれたのよ」

フェリアは澄ました顔でペレを見やった。

「まだ、動かれますかな？」

「ええ、女性騎士候補を待機させている会議室に向かうわ」

ペレが首を横に振る。

「婚姻式の準備も並行しなければなりませんぞ。多岐にわたる仕事をこなすのも王妃となる者には求められるのです」

「……そうね。失念していたわ。急ぎの報告かしら？」

フェリアはボルグを見る。

ボルグが目礼して口を開いた。

「婚姻式の女性騎士の配備は困難になりました。警護態勢を変更致します」

フェリアは、本当に失念していた。今回の件で、大幅な予定変更をしなければならないのだ。その指示をまだ出していない。

「ボルグ、負担をかけるわね」

「いえ。元より、女性騎士の合否ですが、思案しておりましたので」

つまり、不合格にする者がいるのだろう。

フェリアは、大きく深呼吸して思考を切り替える。

「今回の件は別にして、四人は女性騎士としてどう？」

「レンネルの者には、合格が出せましょう。フーガの者はいささか思考に難がありますな。腕前はフーガの者が格段に上でしょうが、それを自覚しているのか上下の思考が目につきます。ベルのことも下の者と決めつけ、『あんた』などと呼んでおりました」

船上の戦いをしてきたフーガ領の者と、偵察を中心にしてきたレンネル領の者の実力差は仕方がないだろう。

海の者特有の、気性の荒さもそこにはあるはずだ。

だが、ここは王城で、ボルグが躊躇するように『あんた』などという言葉遣いがまかり通る場ではない。

「次期王妃様とローラには、鼻っ柱を折られたことで、上の者と認識した言動になるのです」

「なるほど、フーガの者らしいわ。強い者にしか膝を折らないというわけね」

だが、王城での指揮権は強さで決まらない。フーガ領の上下思考は、王城では通用しないのだ。

「女性騎士の合否は保留にしましょう。『クスリ』の件が判明しなければ、私の傍にはおけないもの」

「かしこまりました」

ボルグが一歩下がった。

代わりにペレが前に出る。チラリと背後の特別室を見た。

「何かわかりましたかな?」

「ええ、『クスリ』がどうやってレンネルの者の口に入ったのかをね」

ペレの瞳がスーッと細くなり、背後のボルグの瞳は反対に大きく開いた。

フェリアはローラからグローブを受け取り、ペレに渡す。

「これに『クスリ』が仕込まれていたはずよ。小雨の降る中、グローブで何度も水滴を拭っていたのでしょう。もちろん、口元もね」

フェリアは手の甲で口元を拭う仕草を見せる。

「ほぉ、なるほど」

ペレが口角を上げて頷いた。

「盲点でした」

ボルグも呟く。

「だから、会議室に向かうのよ。このグローブを手にできたのは、女性騎士候補のみだわ」

女性騎士候補それぞれに支給されていた防具なのだ。

女性用と男性用とは大きさが違う。

「では、私も同行しましょう」

ペレが言った。

フェリアはボルグに向く。

「闘技場の封鎖は解除します。婚姻式の警護態勢を再構築し準備を。午後には、また女性騎士候補を預かってもらうわ。……目を離さないで、見張っていて」

「はっ！」

ボルグが下がった。

ペレと共に、女性騎士候補の待機部屋に到着する。

「何も問題はない？」

フェリアは扉番の騎士に問う。

「フーガの者は部屋に閉じ込められている状況への鬱憤が、レンネルの者は仲間の心配を。どちらも解放してほしいとのことです」

昨日から軟禁状態なのだから、ストレスが溜まっているのだろう。

フェリアはペレを一瞥する。

「不合格ですな」

状況からして、この対処に耐える精神力は必要だろう。

一日程度の軟禁で文句が出る者に騎士の立場を与えられはしない。

「まあ、レンネルの者の心配は致し方ないでしょうな」

フェリアとペレは扉に視線を向けた。

ゾッドが部屋の扉を開ける。

「あの！」

すぐに駆け寄ってきたのは、レンネル領の者である。

仲間の容態を心配し、見舞いをしたいと申し出た。

「安心して。数日経てば『クスリ』の効力は抜けるでしょう。途中で覚醒させると、効力が残っていたらまた異常行動をしてしまうからね」

フェリアの言葉に、レンネル領の者が首を傾げた。

「え？　あの……薬で治しているわけではないのですか？」

フェリアはそこでこのレンネル領の者が『クスリ』を知らないのだと気づく。フェリアの口にした『クスリ』を『薬』と認識し、頭が混乱したのだろう。

「ええ、強力な薬で寝ているの。薬が効き、体が全快したら起きるはずだわ」

フェリアはレンネル領の者の肩をポンポンと叩き労った。

女性騎士候補が困惑するのも仕方ない。

試験途中で、レンネル領の者がおかしくなった。おかしくはない自分らは、理由なく閉じ込められた。意味がわからない状況だろう。

『クスリ』に関わっていなければ。

「あの、すみません。私たちは異常ではありません。いつになったらここを出られますか？」

フーガ領の者がフェリアに膝を折ってから口にする。

「待たせたわね。午後から試験前同様に、第四騎士隊隊長のボルグ預かりを続行するわ。一日程度の待機に不平不満が出ない精神力を身につけなさい」

フェリアの言葉に、フーガ領の者はバツが悪そうに頷いた。

フェリアは執務室に戻った。

証拠品のグローブはペレが調べるために持っていった。きっと『クスリ』の痕跡が出てくるだろう。

「フェリア様、サブリナ様がおいでです」

扉番の騎士の声が聞こえ、執務室にサブリナが入ってくる。

「どう、調べられた？」

フェリアの問いに、サブリナがもちろんですと答える。

昨夜、フェリアはサブリナに文を出し、調べ物を頼んでいたのだ。

「ダナン国内で『王妃のサシェ』の材料を取り揃えられる商会は、そう多くはありません」

セルゲイ男爵を捕らえれば明らかになると思われた疑問の一つだ。

『どうやって図柄を盗み、どうやってサシェを用意したのか』

祝い品のサシェと同じ生地、同じ糸を扱える商会でなければ、ここまで精巧な偽物は作れない。

「18番目の元妃家は、王都では名の知れた大きな商会を営んでおります。生地や糸も取引をしておりますわ。それから、25番目の元妃家の所領はイザーズ領です。他にも材料を揃えられる商会は存在しますが、私たち二人を恨めしく思うような状況にないのです」

一方だけ、特にフェリアだけを恨めしく思う者は多くいるかもしれないが、サブリナ、もしくはゲーテ公爵家も含め、両方を妬ましく思う者は絞られるのだ。

「イザーズ領は、確か薬華の栽培で有名な領ね」

『王妃のサシェ』の中身を真似る香草ももちろん、栽培している。11番邸の乾燥花も、後宮に滞在していた二人ならどんな花が咲き誇っていたか知っている。

『幻惑草』の栽培に関わっている可能性もあろう。

「私、思い出したのです。一年前、遠巻きに言われました。『我が家は大きな商会です。腕のいい仕立て職人も多く雇っておりますので、王妃様になったあかつきには是非ご贔屓に』と。きっと王城との取引、王妃のお引き立てを望んでいたのでしょう。もう一人からも『王妃様の体調管理はお任せを』と薬華茶をいただきました。こちらも同じでしょうね」

サブリナが眉を下げて言った。

「なるほど……どちらも目論見が外れたのね。それどころか、私が王妃になるのだから、これからも王城との取引に希望が持てないと思ったのだわ」

十分『王妃のサシェ』を企てる理由になろう。

セルゲイ男爵のみならず、燻る火種は存在する。

万人に慕われるような治政などでき得ない。

「ビンズ隊長がおいでです」

扉番の騎士が告げる。

サブリナの頬が少しだけ上気したのを、フェリアは見逃さなかった。

「では、私はこれにて」

「いいえ、一緒に報告を聞きましょう」

退こうとしたサブリナを呼び止め、フェリアはビンズを中に入れる。

「何か、わかったの？」

ビンズは昨日から、サブリナ同様にフェリアとサブリナによろしくない感情を抱く者を調べていた。

「花嫁衣裳のデザインを提出した仕立屋を覚えていらっしゃいますか？」

「ええ、確かに私に恨みを抱いていそうね」

フェリアを侮辱するようなデザインを提出したことで、マクロンの逆鱗に触れ、王城との取引は停止となった。

「デザインを提出したのは三店舗。どこも客足が遠退き、二店舗は存続しておりません。一店舗のみ顧客が引いてもなお、一等地に存続しております」

貴族という者は残酷で、主流に倣えを地で行く生き物だ。情けなどいっさい持ち合わせていない。

王城との取引がブランドだった店舗の名声は消え、客足は引いたのだ。

一軒は、フェリアを『眠りの花』で昏睡させたことに関わっていた伯爵位の者の店舗である。

夜会で倒れたことにより、アルファルドに送って療養しているという建前の、永久追放になっている。爵位を継いだ息子は、すでに店舗を売り払い所領に戻った。王都の商売から手を引いたのだ。

もう一軒は、商売が立ち行かなくなり閉店した。

そして、一店舗だけ客足が途絶えたにもかかわらず存続している。

ビンズがサブリナに視線を向ける。

「18番目の元妃家が数カ月前に大金を出資しております」

「フェリア様、やはり！」

サブリナが声を上げた。

「やはりとは？」

ビンズが問う。

フェリアは、サブリナの調査内容をビンズにかいつまんで伝えた。

「なるほど、ですが……限りなく黒に近いのに何も証拠はない」

ビンズがこめかみを叩く。

フェリアとサブリナに恨みがある。

『王妃のサシェ』を手がけることができる。

その二点だけで犯人に担げはしない。

「生地や糸を購入した商会の取引簿がわかれば」

「いいえ、それだけなら購入しただけで『王妃のサシェ』を作った証拠にはならない」

サブリナの発言に、フェリアは被せるように言った。

「では、屋敷の捜索は？」

サブリナがビンズを見て言った。

「大義名分がありません。どんな嫌疑で？　セルゲイ男爵のように商会名の証言はないのです。それに、屋敷に『王妃のサシェ』があるとは限りません。捜索してブツが出なければ……問題になりましょう」

サブリナが悔しそうに唇を噛む。

「工房は!?」

サブリナがビンズに食い下がる。

「足のつくようなことはしていないでしょう。きっと、隠れて『王妃のサシェ』を作っているはずです。偽物を正規の工房でなど作りません。もちろん、表だって屋敷や工房も調査しなければいけませんが、婚姻式までにそれができるかどうか……『王妃のサシェ』は王都外から運ばれています。ダナン全域を調査対象にするには、時間がかかります」

サブリナが俯く。

「セルゲイ男爵の足取りを復習う時間もないわね。それこそ、王都外での行動を調べなければいけないのだから」

フェリアの言葉に、ビンズも渋い顔になる。

「何より、本当に先ほどの者らが関わっているのかも不確定だわ。敵がまたこちらに捧げる餌の可能性も捨てきれない。わざわざ、サブリナに突っかかったのよね？」

サブリナが顔を上げて、無言で頷く。うっすら瞳が潤んでいる。

サシェ事業を任されているサブリナは、誰よりも犯人を見つけたい思いが強い。

「確かに、疑ってくれとも思わせる展開ではありましたね。敵が何重にも自身の姿を隠しているのは確かですから」

ビンズが言いながら、ハンカチをソッとサブリナに差し出した。

「け、結構ですわ」

「ああ、そうですね。私のハンカチでは汗臭いと思われましょう。えーっと、フェリア様の」

ビンズの言葉に、サブリナが疾風の如くビンズの差し出したハンカチを取った。

「よ、汚れているなら、私が汚しても気にならないわ。仕方なく、受け取って差し上げますわ」

サブリナがギュッとハンカチを握りしめた。

「私のハンカチは必要ないようね」

フェリアはフフッと笑う。

サブリナがアワアワと慌てている。

少しだけ場が和んだ。

「関わっているか、関わっていないかを確定すればいいのよ」

フェリアはサブリナにニッコリ微笑む。

「いつぞやのお茶会の再現でもしない？」

「お茶会ですか？」

サブリナが小首を傾げた。

「サブリナが私に毛生え薬を飲ませようとしたじゃない？」

サブリナの目が瞬（しばたた）いた。

「ああ、なるほど。元妃にお出ましいただき、カマをかけると？」

ビンズが掌（てのひら）をポンと叩いた。

サブリナが一年前のお茶会を思い出したのか、シュンとしながらも口を尖（とが）らせている。

「ハハ」

ビンズがサブリナの様子を見て笑う。

「わ、笑わないでくださいまし！」

サブリナが真っ赤になってビンズに抗議（こうぎ）した。

ゾッドが、フェリアにコソッと告げる。

「また、背中がムズムズします」

フェリアはクスッと笑った。

「ビンズ、サブリナ、廊下でやってちょうだい」

サブリナがハッとして身を縮ませた。

「サブリナ嬢（じょう）、廊下に行きお茶会の打ち合わせを致しましょう。ここは報告の場なので私たちは退かねば」

ビンズはやはりすっとこどっこいだ。

「ええ、二人でお茶会の準備を」

サブリナの助けを乞うような視線を無視し、フェリアは二人を追い出したのだった。

翌日、一番に王妃塔の執務室に入ってきたのはペレだ。

「『証明書』の原案が出来上がりましたぞ」

ペレが『証明書』と印章の乗ったお盆をゾッドに渡した。

お盆には、フェリアが試作した見本に並んで、正式な原案が置かれている。

ゾッドが確認し、フェリアの前の机に置いた。

「いい出来ね」

見本とは違い、紙質も文章も格式の高い『証明書』に仕上がっていた。

「これは？」

『証明書』の横に並んでいる印章のことだ。

「そちらが今回の『証明書』に押印される印章ですな。本来『王妃印』は国事にのみ使用しますので、王妃直轄事業用に新たに作りました」

新たな印章作りに一週間ほどかかったという。

「この印章は、ミタンニの職人の手によるものだそうです」

ペレがそうつけ加える。

フェリアは思わず笑みが漏れた。

ミタンニ復国が宣言されて以来、ミタンニ国の民の動きは活発になった。

ダナンでもひっそりと暮らしていたようで、復国宣言を聞き、王城へ『ミタンニ国への移住』の陳情に集まっているのだ。

もちろん、ミタンニ王になるエミリオ自らが面会し、名簿を作成した後、ミタンニ籍を与えダナン除籍の処理を行っている。

中には、新天地を目指す目的の偽物も現れたが、そこはエミリオとイザベラ、ゲーテ公爵が見極めて処理しているのだという。

「その印章がダナンでの最後の仕事だったようで、晴れ晴れした顔でミタンニに出発したと伺っております」

ミタンニ復国は順調のようだ。

ミタンニ国の民は希望に満ち溢れていよう。

後宮から王妃塔に移ったことで、王城の人流を肌で感じる。フェリアは、立ち上がり窓辺から執務殿を眺めた。

後宮では目にできなかった人の出入りが見える。

「エミリオもイザベラも頑張っているのね」

執務殿は、ミタンニ復国の拠点になっている。

ミタンニの民の面談だけでなく、ミタンニ創始の忠臣選びで、各国からの挙手者とも面接しているからだ。

王塔も出入りが激しい。ダナン国の中枢なのだから。

一羽の小鳥が王妃塔へ飛来した。人の気配が少なく、王塔よりも王妃塔の方が羽を休められるのだろう。

「まだまだね」

王妃塔の人の流れは王塔や執務殿と比べて少ない。まだ次期王妃であって王妃でないため、できる政務も限度があるのだ。

「あら？」

眼下でウロウロしている民を見つける。

ゾッドが覗き込み『迷子のようですね』と言った。

「たぶん、ミタンニの民ね。誰か、行ってきて」

こういう時のセオだ。

フェリアは、迷子になった民が後宮へ入っていくのをハラハラしながら見ていたが、やがてセオが声をかけて安心した。

「巡回兵や配備騎士にも気づかれず、あそこまで行ってしまうこともあるのね」

エルネもそうだった。セナーダの姫を助けることになったメルラもそうである。

「仕事着の女性ですと、どうしても勘違いしてしまいますから」

ビンズもメルラとすれ違ってから、おかしさに気づくぐらいだった。後宮を女性が歩いていても違和感がないのだろう。

王城で働いている女官や侍女には制服が支給されているが、係や見習いは専用のエプロンのみだ。

出入りの業者などもおり、騎士や兵士はじろじろと女性を見ることもないだろうから、どうしても隙が生まれてしまうのだろう。

妃選びの時のように、妃付きの侍女だとわかるバンダナでもあれば判別できるのだがと、フェリアは考える。

そして、気づくのだ。

「……仕事着の女性の迷子。偽物のミタンニの民」

フェリアは呟いた。サシェの図柄を盗んだ者が朧げながら、フェリアの脳内に姿を現した。

11番邸ではお茶会の準備が整えられた。

ビンズとサブリナの報告から三日経っている。婚姻式までは二週間になる。

フェリアが離宮に移るまで十日ほどだ。

「サブリナ、懐かしいわね」

フェリアはニカッと笑う。

「……はい」

サブリナが困ったように笑った。

この11番邸で『毒のお茶会』は開催され、ミミズが飛び、サブリナが気を失いかけ、『紫色の小瓶』を飲まされそうになりと散々だったのだから。

まあ、実際は毛生え薬を囲んだ愉快なお茶会だったが。

いや、愉快だったのはフェリアだけか。

「私も、参加したかったですわ。私の知らない二人の思い出なのですね！」

ミミリーがハンカチを噛み、まさに『キー』と悔しがっている。

「何よ、あなたの方が先にお茶会でやらかしたではないの」

サブリナがフンとそっぽを向く。

「ええ、私は唯一リア姉様に真っ向から立ち向かった勇者ですのよ。陰湿な者とは違いましてよ。あら？　では私の方がリア姉様の特別ですわね！」

ミミリーがハンと鼻高々に澄まし顔をする。

「ええ、お子様だとフィーお姉様に叱責されたのですわね。私のように対等に戦ったわけではありませんわね」

そして、サブリナとミミリーは間近で睨み合うのだ。

相変わらずな二人である。

「ミミリー、そんなにサブリナ嬢のことが好きなのかい？　私にはそこまで顔を近づけてはくれないのに」

ジルハンが少し残念そうに呟く。

「サブリナ嬢、なんだかんだ言って、そういう戯れをするのはミミリー様だけですね」

ビンズがサブリナを見ながらハハと笑った。

さてさて、サブリナもミミリーも同じように赤面し、俯いた。

ミミリーの赤面は理解できよう。

サブリナの赤面は、ビンズがサブリナを『様』でなく『嬢』と呼んだことにサブリナ自身が気づいたからだ。

いつの間にか、いつからか、ビンズはサブリナをサブリナ嬢と呼んでいる。天然砲は健在だ。

「ジルハン、ビンズ、そろそろ来ると思うわ」

フェリアは声をかける。

ビンズが頷いた。

「ジルハン様、私たちは下がりましょう。フェリア様、お願い致します」

フェリアらは二人を見送り、席に着く。

18番目と25番目の元妃が、ジルハンとビンズが退いた後しばらくして11番邸に案内されてきた。

「ご、ご機嫌麗しく」

二人がフェリアに膝を折り、挨拶する。

それから、ミミリーに向かっても頭を下げた。

サブリナには、曖昧に笑んでいるだけだ。

公爵令嬢であるサブリナより先に、侯爵令嬢のミミリーに挨拶したのは、ミミリーが王族のジルハンと婚約したからだろう。

「お招きいただき光栄でございます」

なんとか挨拶を言い終え、二人は少しだけ体の力が抜けたようだ。

「いいえ、私全然ご機嫌麗しい状態ではないの」

フェリアは、二人に冷水を浴びせるが如く言い放つ。

二人の弛緩しかけた体は、ビクッと固まった。

「あ、あの……どのような？」

おずおずと訊いてくる。

二人はまだ立ったままだ。フェリアが着席を許すまで座ることはできない。

サブリナとミミリーはすでに座っていて、優雅にティーカップを手に持っている。

「婚姻式前で多忙なのよ」

フェリアの言葉にホッと安心したのか、二人は微笑んだ。

「昔から、花嫁の多忙は喜ばしいことと申しますわ」

フェリアはニッコリ微笑んで頷いた。

気を良くした二人は、口々にフェリアをもてはやした。

チラチラと椅子に視線が移るのは、そろそろ着席を促してほしい気持ちの表れだろう。

だが、フェリアは二人を立たせたままだ。

「そうそう、そろそろ」

フェリアの言葉の続きが『お座りになって』なのかと勘違いしたのか、二人の腰が落ちかける。

「……そろそろあれを準備してくださる、サブリナ」

フェリアは中腰になりかけの二人に笑む。

愛想笑いを浮かべ、二人はまた腰を伸ばした。

サブリナがテーブルに花の刺繍を置いた。

「この準備で忙しいのよ」

18番目の元妃が微笑みながら口を開く。

「精密な刺繍のサシェは時間がかかりますから、大変ですね」

サブリナに向けて言った。

「まだお祝い品が完成していらっしゃらないのでしたら、私もお力添え致しましょうか？」

18番目の元妃がフェリアに『僭越ながら』と膝を折り申し出る。

「どのようなお力があるのかしら？」

フェリアはサブリナと元妃を交互に見ながら問う。

さあ、戦ってみせてと言わんばかりの状況に持っていく。

「一級品を刺せる針子を、我が家は多く準備できますので」

サブリナと18番目の元妃が視線を交わした。

18番目の元妃がサブリナに挑戦的な笑みを向けている。内情を知らなければ、傍目には淑女の笑みだ。

「まあ、お願いできればいいのだけど、材料が乏しいわ」

フェリアの言葉に、今度は25番目の元妃が『僭越ながら』と口を開く。

「我が家は薬華を栽培するイザーズ領ですわ。香草や乾燥花をすぐにご準備できますの」

二人の元妃がサブリナを見下ろす。立っているのだから、それは歪んだ表情に見えた。

「うーん、中身だけではね」

フェリアの呼び水だと気づいていないのか、18番目の元妃が口を滑らせる。

「ご心配には及びませんわ。布も糸も我が家の商会で準備できます」

二人の元妃は頷き合った。

「「私たちなら、不届きをしたそこの者よりサシェを完璧に準備できますわ！」」

二人は鼻高々でサブリナを見下した。

「ところで、なぜ『花の刺繍の布』だけで二人はそのような発言を？」

フェリアは花の刺繍の布を取って、二人に突き出した。

「え？」

「は？」

二人は素っ頓狂な声を出す。

「ですから、単なる『花の刺繍の布』を見ただけで、『お祝い品』だの『中身』だの不思議に思うでしょ？」

フェリアはスッと立ち上がった。

サブリナとミミリーも同じく立ち上がる。

三人の笑んでいない瞳が、二人に注がれた。

「そろそろ、腰を下ろしてもらおうかしら？」

フェリアは椅子ではなく、地面を一瞥した。

まだ状況が理解できていないのか、二人の元妃はポカンとしている。

ミミリーが小首を傾げながら25番目の元妃の前に立った。

「なぜ、この単なる『花の刺繍の布』に『中身』の香草と乾燥花が必要なのかしら？」

次にサブリナが18番目の元妃の前すれすれに立つ。

「なぜ、この単なる『花の刺繍の布』が『お祝い品』と繋がるのかしら？」

最後にフェリアの口が開く。

「なぜ、この『花の刺繍』の図柄が『お祝い品』のサシェの図柄だと知っているの？『販売されてもいない』のに、なぜ中身まで知っているのかしら？　布や糸の種類までもご存じのようね」

二人はパクパクと口を開く。

返す言葉は出てこない。

「偽物のミタンニの民を、後宮に送り込んだのでしょ？」

フェリアの言葉に、二人の顔は青ざめ腰がへなへなと抜けていく。

二人の元妃は、やっと腰を下ろすことができた。もちろん、地面に。

「ここから、私たちの冒険が始まるのよ！」

フーガ伯爵夫人は、完全に主人公気分なのだろう。手には、冒険書が握られていた。

ここは、マクロンが幼い頃に来たフーガ領を見渡せる丘だ。

領域を見渡せるこの丘は、王家の丘と呼ばれ、一般人は入ることはできない。

「人をここまで付き合わせておいて、ゆっくり休ませもしないのかぇ？」

ソフィアが気怠そうに言った。

婚姻式に戻るため、強行日程でここまで来たのだ。

「ソフィ、こういう時には吟遊詩人で癒やされましょう」

フーガ伯爵夫人のバロンへの認識は、吟遊詩人のままのようだ。

「いや、私は……」

バロンが助けを求めるように、ソフィアを見る。

「なんぇ？」

「……」

バロンはマクロンの言葉が身に沁みた。

「あ！　あれよ。あれが幽霊」

フーガ伯爵夫人が幽閉島を指差した。

バロンとソフィアが、高い塔と城壁で囲まれた島を眺める。

「幽霊が昼間から外にいるわけが……」

ソフィアがそこで言葉を止める。

「キャロ、あれはおかしいぇ」

ソフィアが幽閉島を見ながら言った。

フーガ伯爵夫人の名はキャロラインである。

「幽閉されていないのですかな？」

バロンもおかしさに気づく。

罪人を幽閉する島に、人が多く出ていたらおかしいと思うはずだ。

「二人とも、流石ね」

三人は目を凝らして幽閉島の様子を窺う。

塔から出た者が、何やら仕事をやらされているようだ。

「なぜ、幽霊と？」

バロンがキャロラインに問う。

「だって、塔にはちゃんと人影があるの。塔から人が出たのに、塔にも人がいるのよ。きっと幽閉されている者の生き霊かも」

キャロラインが、なぜか意気揚々と答える。

「私、あの者らの無念を晴らし、元の体に戻して差し上げようと思って。もしかしたら、吟遊詩人のお友達も幽体離脱しているかもしれませんことよ」

ソフィアもバロンも、それは断じて違うと反論する労力はかけなかった。

塔の人影を二人は確認する。

「確かに、ちゃんと塔にも人影が。幽閉されているようですが……」

バロンが懐から携帯望遠鏡を取り出した。

ソフィアは幽閉島からキャロラインに向き直る。

「フーガ伯爵も知っているのかぇ？」

「うーん、どうかしら？　私は旦那様じゃないからわからないわ」

ソフィアの視線は厳しくなる。

「あれは……あの姿は女性のような。こちらも何か作業をしているようです」

バロンが塔の中を望遠鏡で覗きながら言った。

ソフィアの表情がいっそう険しくなる。

「……どうやら、この冒険は危険ぇ。キャロ、バロン公、どうする？」

幽閉島で罪人を幽閉せず、塔外で労役を科している。

その塔でも何やら作業が行われている。

そこにいるはずがない人間がいる、まさに幽霊のようだ。

閉ざされた幽閉島で、隠密に何か悪事が行われていると思うのが普通だろう。

「フフ、危険は後宮で慣れているじゃない」

キャロラインがケロッと答える。

「私も、冒険に出た身ですので」

バロンもシレッと答えた。

濃い者たちの共演である。

「じゃあ、カロディアちゃんへ伝鳥を飛ばすわ」

キャロラインの侍女が鳥かごを持ってくる。

今回の同行者は、ソフィアの侍女とキャロラインの侍女一人ずつ、それからマクロンが遣わせた騎士五名である。

　キャロラインが細長い紙にサラサラッと書き、伝鳥の足下の管に詰める。

「初めて伝鳥なるものを見ました」

　バロンが興味深げに白い小鳥を見る。

「ええ、私もフーガに下賜されるまで知らなかったわ。島間で連絡をするのに、いちいち船を出していたら大変でしょ」

「じゃが、その小鳥はちゃんと王城へ向かうのかぇ？」

「さあ？」

　流石にその返答に、ソフィアもバロンもあんぐりと口を開けた。

「でも、離宮と王城間では大丈夫だったわ。バロン吟遊詩人に出会えたのは、伝鳥を追ってきたからなのよ」

　やはり、キャロラインだ。

「行っておいで」

　伝鳥が飛んでいく。

「ところで、なんと書いたぇ？」

　米粒ほどになった鳥影を見ながら、ソフィアが問う。

　若干、頬が引きつっているのは、発言でもわかるように文を確認しなかった後悔があるからだ。

「『幽霊島探検。戻らねば屍の回収を頼む。フガンティ女海賊』と」

ソフィアもバロンも頭を抱えたのだった。

「キャロライン様が、足を踏み入れるような島ではありませんので」

翌日、幽閉島の港に着くと、塔の監視人が一行の上陸を阻む。

「女性にはきつい島にございます。どうか、船でお待ちください。こちらでバロン公爵様はご案内致しますので」

「そうはいきませんの。王命なのですから。バロン詩人の贖罪の詩を私が見届けねばなりませんの」

「は？　はあ……」

「ところで、旦那様は？」

船レースで勝った幽閉島にフーガ伯爵が赴いているはずだ。

「も、もうすでに島を出たような。た、確か、周辺海域の調査で沖に……」

監視人が愛想笑いしながら言った。

ソフィアが扇子で扇ぎ出す。

「なんぇ、せっかく足を運んだのに、陸でゆっくりもさせてもらえないとはのぅ。この島は遠路はるばるやって来た者に、茶も出さぬのかぇ？」

「私は、船酔いが……」

バロンもソフィアに続いて監視人に圧をかけた。

「島主が現在不在で、私では判断が……」

各島の統治者を、フーガ領では島主と称している。

「ピネルはどこに行っておりますの？」

キャロラインが首を傾げた。

ピネルとはフーガ伯爵の子息の一人である。

この島の領主代理である夫人の息子になる。古株の夫人はすでに息子に島主を任せていた。

「所用で少し……」

先ほどのフーガ伯爵の不在といい、ピネルのことといい、なんとも歯切れが悪い。

「それで、そのピネル島主とやらは王様より偉いのかぇ？」

ソフィアが監視人に訊いた。

「そ、そのようなことは、決してありません！　ありませんが」

「ほう。王様でもそのピネル島主とやらにお伺いを立てねばいけないとは、実に面白い決まりですな」

バロンも追い打ちをかけた。

そこまでくると、もう監視人では一行を止められない。

「で、では、私がご案内致します」

監視人が苦々しげに言い、視線が周囲の者に動く。何かの合図をしているのだろう。

三人の背後から、バサバサと羽音が聞こえた。

「どうぞ、こちらです」

監視人を無視し、キャロラインが羽音を探す。

「ピネルの伝鳥？」

「……はい」

監視人が答えた。


幽閉島には多くの塔がある。

罪の重さにより、幽閉される塔の高さは違う。

セナーダ第二王子の塔は、城壁より少し頭を出す程度の低い塔であった。本来なら、もっと高い塔に幽閉されるべきだろう。

「さあ、幽霊を探しましょう！」

塔を目前に、キャロラインがワクワクした表情で言った。

「キャ、キャロ、何を言っておる」

ソフィアが慌てる。

「きっと、多くの塔に嘆き悲しんだ者がいるの。その者らが、幽霊になって外に出歩くのよ」

監視人の雰囲気が一瞬で変わる。

「キャロライン様におかれましては、何かご覧になったようですね？」

「ええ、多くの嘆き悲しむ者を」

「なるほど、ここに連れられてきた者らをご存じとは。確かに嘆きながら手を動かしております」

監視人がサッと手を上げた。

キャロラインたちの周囲を、図体の大きい男らが囲む。

騎士が剣を抜き対峙した。だが、多勢に無勢状態だ。

「あらまあ。これぞ、絶体絶命の危機ね！」

キャロラインが呑気に声を上げた。

「ええ、そうですわ」

キャロラインの侍女が、そう言ってソフィアに小刀をあてがった。

ダナンの騎士は思わぬ裏切りに、固唾を呑む。

「ソフィ、あなたで残念よ。こういう時は、ヒロインが人質になるべきなのに……」

キャロラインがため息をつく。

「なんぇ！　この裏切り者の侍女め……ん？　こやつはキャロの侍女よの。まさか、キャロが黒幕かぇ⁉」

ソフィアが叫ぶ。

これでは、ダナンの騎士は誰に刃向かえばいいのか判断しかねた。

「失礼ね。私に裏切りなどないの。表しか切らない者だから」

キャロラインは相変わらずだ。

「そうです。その者はこちらの手練れでしてね。キャロライン様の王都での様子を監視していたのです」

監視人が今度はキャロラインに剣をあてがった。

これで、完全に騎士は動けなくなる。

緊迫の中、パタパタと白い小鳥が飛来し、裏切り者の侍女の肩に留まる。

「この伝鳥は、私の僕。王城には行きません。必ず、私の元に戻りますから」

キャロラインが王城に飛ばした白い小鳥だ。

ソフィアが裏切り者の侍女を睨む。

「白いものはすぐ染まってしまうのね。今度は黒い小鳥にしようかしら」

キャロラインに、緊迫感はない。

「キャロライン様、今度などありませんよ」

監視人がニタッと笑う。

「何やら、私は巻き込まれただけ。監視人殿、そうではありませんか?」

バロンが肩を竦める。一人でも敵方に足を踏み入れる作戦に出たようだが、監視人は首を横に振る。

「いえいえ、あなたの申し出のせいでこちらは迷惑を被っておりまして、我が主からは『勘づかれたら船の事故に見せかけて消せ。もしくは王子の憎しみの刃でもいい』と命令が下っておりますれば、ご容赦を」

監視人がバロンを見て、ニヤニヤ笑う。

「この中の王子は、貴殿に容赦しないでしょう」

縄で縛られ、裏切り者の侍女以外は部屋に放り込まれた。

「……お久しぶりです」

部屋には先客がいたようだ。

セナーダの第二王子が、バロンを見て言った。

監視人がセナーダの第二王子に小刀を握らせる。

「こいつのせいなんだろ？　ひと思いにやってしまえばいいさ。どうせ海の藻屑になる予定だ。一人一人いたぶってやれ」

セナーダの第二王子がニンマリ笑う。

「ああ、ありがたい。こいつらを始末したら、また外に出られるのか？」

「我が主は、功績のあった者にはお優しい。きっと、島内の自由は手に入れられるさ。王都から来た針子の手酌くらいなら許可が出るだろう」

セナーダの第二王子が、バロンに近づく。

後ろ髪を引っ張り、ザッと切り落とした。

バロンの後ろ髪がパラパラと落ちる。

「ゆっくりいたぶるさ。楽しみは味わいたいだろ？」

セナーダの第二王子が小刀を一舐めする。

「ハハ、いいだろう。終わったら扉を叩いてくれ。……あんまり部屋を汚すなよ。血を掃除するのは面倒だ」

「一刺しなど勿体ない。血を流すのは、こいつだけ」

セナーダの第二王子が、バロンの肩に足を置いた。

バタンと扉が閉まり、ガチャンと施錠された音がした。

部屋に緊張感が漂う。

セナーダの第二王子が、扉に耳をあてた。

しばらく経ち、ヘタッと腰を落とす。

「やはり、矜恃はお持ちでしたか」

バロンが言った。

「……ああ、あなたと一緒にダナン王と次期王妃に叱責され目覚めたからな。ここに居て、一人で考えると自分の無謀さに嫌というほど気づかされた。ダナンの次期王妃の言った通り、私は王の器ではない」

セナーダの第二王子がバロンの縄を解く。

そして、次々に縄を解いていった。

「もし、見ている前で『やれ』と小刀を握らされていたら……一番にあなたを犠牲にはしていたと思う」

セナーダの第二王子がバロンを小突き笑った。

「ええ、それで構いません。私は……私の命はダナンのためなら惜しみなく」

バロンの贖罪だ。

一度、落ちた者同士がわかり合える感覚があるのだろう。

「私は違うぞ。どうせ、あのダナン王と次期王妃には敵わない。この島の者は知らなすぎるだろうな」

　セナーダの第二王子が苦笑した。

　ここでまた悪に加担しても、前回と同じ結果になるだろうと思っているのだ。

「それで、『草』は確認したのか？」

　セナーダの第二王子が言った。

「『草』じゃと？」

　ソフィアが聞き直す。

「違法な『草』の取引の証拠を掴もうと、乗り込んで来たのではないのか？　この島で、幽閉された者を労働させ『草』を栽培している。王都から連れてこられた針子がその『草』を入れる袋を縫わされているぞ」

　皆が目を瞬くので、セナーダの第二王子は面食らう。

「え？　ちょっと、待て。じゃあ、なんでここにいるのだ？」

「私は、あなたへの贖罪のためにダナン王より、許可を得まして」

　バロンが呟く。

「私は、巻き込まれたお供ぇ」

　ソフィアが言った。

「幽霊島解明のためよ！　今から、私たちの新たな冒険が幕を開けるわ！」

もちろん、キャロラインだ。

セナーダの第二王子が頭を抱えたのだった。

11番邸でのお茶会は続いている。

18番目と25番目の元妃らは、特別室に入れた。

ボルグとペレが、新たな参加者を引っ立ててきた。

「警護を手薄にし、休憩を与えたらまんまと引っかかってくれました！　セルゲイ男爵を手にかけようと忍び込んでいたところを、確保しました。泳がせて正解でした」

ボルグがニカッと笑う。

ちゃんと目を離さず見張っていたようだ。

「本当は、海で泳がせたかったわね。得意でしょ？」

フェリアは泳がせていた者の前に立つ。

ピピピピピッ

小鳥がフェリアの肩に留まる。

「いい子ね」

小鳥と戯れながら、元妃らとは違う二人組にフェリアは笑いかける。

二人組は、小鳥がフェリアに懐いていることに目を見開いた。

「本当に、私ったら『まだまだね』。王妃塔に飛来するのを見るまで気づかなかったのよ」

フェリアが伝鳥に気づいたのは、王妃塔に移ってからだ。

王妃塔の人気のなさに『まだまだね』と言ったのではない。伝鳥に気づかなかったことに対してだった。

スパイは小鳥だったとも言える。

「王城からどこに……いえ、誰に連絡を取っていたのかしら？」

フェリアは二人組に近づき視線を合わせた。

ピピピピピッ

「あら、ごめんね。お腹がすいたの？」

フェリアは種袋から、伝鳥に餌を与えた。

二人組は真っ青になりながらも、唇を真一文字に結んでいる。

フェリアは、ペレに目配せした。

ペレがフェリアに『グローブ』を渡す。

「帆を操る時に、『グローブ』は必要よね。海戦では船を接近させて、相手の船に飛び移るもの。ロープを掴む時も『グローブ』をしているはず。海戦中に怪我を負った時、痛みを一時でも忘れられるように『クスリ』を舐めるのではなくて？　ポケットからなんて、出し入れできないわね。ほら、やっぱり『グローブ』に加工していつでも口に含めるようにしているのだわ」

　第四騎士隊員に手首を押さえつけられ、地面にしゃがんでいるフーガ領の女性騎士候補

らが、フェリアを見上げている。

「レンネルの者の『グローブ』と自身の『グローブ』を入れ替えたのでしょ。『クスリ』

を仕込んだ『グローブ』を」

　フェリアは、『グローブ』『クスリ』を二人の足下に投げた。

　当て布の部分から『クスリ』の痕跡が出た。

　支給された自身の『グローブ』に『クスリ』を仕込んでいたのだ。

「あの時、焦ったのよね。騎士の詰所で待機中に、『セルゲイ男爵意識不明』と知らせが

届いたわ。本当は死亡の予定だったのに、意識不明と報告された」

　フェリアらに解決の夢を見させたかったのに、予定が崩れたのだ。

『王妃のサシェ』首謀者死亡、自暴自棄になり、押収品も焼失させたと思わせる夢を。

「そして、ローラが『クスリ』と呟いた。焦ったのではなくて？」

　表に出たとしても『幻惑草』のみのはずだった。

「セルゲイ男爵の口を封じねばならない。誰かに嫌疑を向けさせて、『クスリ』を知る自

身に火の粉が降りかからないようにと……レンネルの者を陥れようとした」

フェリアは、地面の『グローブ』を一瞥する。

「レンネルの者に『クスリ』を仕込ませた『グローブ』を装備させる。試験は雨の中だったわね」

フェリアは口元を手の甲で拭った。

「こうやって、『クスリ』はレンネルの者の口に入ったの。雨を拭うために何度も『グローブ』は顔にあてられたはずだわ」

フェリアは、二人組を立たせるように指示した。

「『クスリ』を常用しているのはフーガの者の方。古傷が痛むのは、レンネルの者だけではないものね。常用している者なら、用量を心得ているからあのように多量摂取はしないはずだもの」

フェリアは、ティーテーブルに二人を促した。

サブリナとミミリーが優雅にお茶を嗜んでいる。

フーガ領の二人は、蒼白になりながら椅子に腰かけた。

背にベルの小刀があてられたからだ。

「ベルは小刀の名手よ。剣ではあなた方には及ばないけれど、一瞬の突きならベルより速い者なんていないわ。だから、私は信頼して寝所の担当をベルにしているの。小鳥遊びに興じているあなた方では、寝首を掻かれてしまうから」

終には、フーガ領の二人がガタガタ体を震わせる。

フェリアは、追撃を止めることはしない。

「お寒いようだから、私が直々に『特別なお茶』でも淹れようかしら。王城ですもの、医師の管理下で『幻惑草』も『幻覚草』も備蓄されています。あなた方の大好きな『クスリ』も調合できましてよ。極上に濃い『クスリ』を直々に私が」

サブリナがティーカップを置き、フーガ領の二人に微笑む。

「焚いても暖は取れないものね」

ミミリーがティーカップを持ち上げる。

「お寒いなら、やっぱりお茶よね。それも濃い方がよろしくてよ」

フーガ領の二人が、ここまできてやっと口を開く。

「も、申し訳あり」

「フィーお姉様は、発言の許可は出していないわ」

サブリナとミミリーが二人の口元にピシャリと扇子を押し当てた。

「ちゃんと『クスリ』として使用するには、状況が必要ですわ」

ミミリーがニコッとサブリナに笑いかけながら言った。

「ええ、そうね。苦痛のない死を贈るための『クスリ』とお聞きしましたもの。まず、苦痛な死に際にしてあげなくてはいけないのではなくて？」

サブリナが小刀を持つベルにニッコリ微笑んだ。

「死期が近い状態にしなきゃ、『クスリ』は使えないわ」

ミミリーがサブリナに同意するように大袈裟に頷く。

「フィーお姉様のお手を煩わせるわけにはいきませんわ。私が適当に調合しましょう」

サブリナがニヤリと笑いながら言った。

「そうね。それがよろしいわ。それを私が適当に淹れて差し上げます」

ミミリーもキッチリと追いつめる。

「でも、あなた方もすごいわね。次期王妃様から直々に『死を賜れる』なんて」

サブリナとミミリーの視線がベルに移った。

ベルが小刀を握り返す。その振動は伝わったはずだ。

ハフッハフッハフッハフッとフーガ領の二人の呼吸が荒くなる。

海上戦とは違い、ここは後宮という戦場だ。

戦場には、それぞれの戦い方がある。

令嬢の威圧がどれほどのものか、経験はないだろう。

力より、言葉の威圧の方が残酷な時もある。逃れられない恐怖を与えられるからだ。

そこで、フェリアはサッと手を上げた。

サブリナとミミリーの扇子がスッと退く。

「さて、二人にはひと言ずつ発言を許可しますわ。誰と連絡を取っていたの？」

証言書とペンを手に持ったペレが、ススッとフェリアの横に控えた。

フェリアは、フーガ領の一人を扇子で指す。

「ピ、ネル様です！」

完全に落ちた。

もう一人のフーガ領の者にフェリアの扇子は動く。

「誰？　簡潔に言いなさい」

「幽閉島、島主……フーガ伯爵子息の一人です！」

フェリアはニッコリと笑んだ。

ペレが、証言書にしっかり書きとめた。

「フーガ伯爵夫人があなた方を使えない者と称したのも頷けるわ。あの方は実直な言葉しか言わない方だもの」

フーガ領の者が唇を噛み項垂(うなだ)れる。嗚咽(おえつ)を抑(おさ)え込むように拳(こぶし)が握られていた。

6 あと一歩

翌早朝、中庭で明け行く空をマクロンは眺める。

「早いですね」

フェリアがマクロンの横に並んだ。

まだ少し肌寒い。マクロンはマントを広げ、フェリアを包み込んだ。

「王都を出るのは久方ぶりだ。フーガに向かわねばならん」

フーガ領が『王妃のサシェ』に関わっていることは明白になった。

フーガ伯爵子息ピネルが。

そして、その手先として女性騎士候補が送り込まれていた。

「幽閉島なら、誰の目にも触れられず『幻惑草』を育てられる」

それは、捕らえたフーガ領の女性騎士候補から証言を得ている。

幽閉島では『幻惑草』しか栽培されておらず、『クスリ』に関してはピネルしか取引に関与していないという。

フーガ領の女性騎士候補の二人は、依存度の高い『クスリ』をピネルから購入していたのだ。

『幻覚草(げんかく)』に関しては知らないという。

「幽閉島に出資した仕立屋の針子たちを送って、『王妃のサシェ』を作らせているのです。いえ、花の刺繍(ししゅう)のサシェを」

18番目の元妃(もときさき)が証言した。

元妃らは、意趣(いしゅ)返しの『王妃のサシェ』を作っただけで、中に『幻惑草』が入っていたことは知らなかった。

ピネルの口車に乗って、偽物(にせもの)のサシェを作ったようだ。

「セルゲイは、運び屋になって王都に『幻惑草』を運んだ」

花に蝶(ちょう)、『幻惑草』に『幻覚草』、そして『クスリ』のことも知っていたはずだ。自害に見せかけ殺されかけた時、花瓶(かびん)を割り、蝶結(ちょうむす)びを手にしていたのだから。

皆(みな)、ピネルに利用されていた。全てにピネルが関わっている。

フーガ領の幽閉島に必ず答えはある。

マクロンは、フェリアを横抱(だ)きにする。

いつもなら恥(は)ずかしがるフェリアが、マクロンの首に腕(うで)を回しピッタリとくっついている。

マクロンは温室に向かった。

最近、二人の時間はいつも温室だ。

「セルゲイはまんまと連中の手によって、犯人に仕立て上げられ、我々に提供された」

温室に入り、マクロンはフェリアを下ろした。

だが、フェリアはマクロンにしがみついたまま離れない。

「予定に反して、セルゲイ男爵は死なず、『クスリ』も表に出てしまいました。フーガの女性騎士候補らの早計と元妃らのおかげで、ピネルまで辿り着きました」

「明らかになったのは、ピネルの関与。船レースで勝った幽閉島に、フーガ伯もいるはずだ。その幽閉島に向かったフーガ夫人の身が危うい。いや、バロン公に何かあれば国家間の問題に発展する」

だからこそ、マクロンが向かわねばならないのだ。

加えて、フーガ領は海の国境線でもある。国境の問題は、国の危機に繋がる。ダナン国の土台に歪みが出てもなお、玉座を温めているなど愚かな王のすることだろう。

「やっと、見送る気持ちがわかりました」

しがみついたまま離れぬフェリアを、マクロンは強く抱き締めた。

マクロンも王城から多くの者を見送ってきた。その中には、帰らぬ者もいた。

「私を、セナーダ国に送った時、マクロン様はこんな痛みを胸に抱いていたのですね」

フェリアが顔を上げる。

瞳の揺れが愛おしい。

だが、マクロンはフェリアの瞳を射抜く。その瞳は次期王妃としては不合格である。

「王妃ならば」

続くはずのマクロンの言葉をフェリアの唇が遮った。

突如重ねられた唇に、マクロンの激情が牙を剝く。

マクロンは、フェリアの唇を貪った。

息を漏らすことさえ惜しく、溢れる感情を互いに注ぐように。

出せない言葉が王と王妃にはあるのだ。

次第に、満たされ穏やかになる鼓動と共に、愛おしさを残しながら離れた。

満たされた瞳に、マクロン自身が映っている。

今度は、フェリアの瞳がマクロンに挑んだ。

「私は、敵の頭を摑みましょう」

「ああ、頼んだ。こっちは敵の胴体を捕らえに行く」

敵の尻尾ではなく、本体を。

「ご武運を」

マクロンは振り返ることなく、フーガ領に向かった。

翌日、新たな幕が上がった。

敵は、こちらが尻尾を摑んだことを知らない。

フェリアは文を書く。

細長い文を管に入れ、伝鳥を空に放った。

もちろん、フーガ領の二人の伝鳥である。

「追跡を」

「はっ！」

ビンズが答える。

フェリアに、マクロンは第二騎士隊を預けている。

マクロンは、近衛と第四騎士隊の精鋭を引き連れフーガ領に出発したのだ。

「これで、ピネルの居場所は判明するわ」

敵の尻尾であるボロを出した元妃らも、フーガ領の二人もピネルの居場所を知らなかったのだ。

昨日のうちに、元妃家も押さえてある。だが、どちらの屋敷にもピネルは居らず、さらに『王妃のサシェ』もなかった。

伝鳥だけが、ピネルの居場所を知っている。

「今度こそ、掌の上で踊ってもらうわ」

ピピピピピッ

伝鳥が窓に飛来する。

『セルゲイ男爵死亡、レンネルに疑惑成功』

ピネルはその知らせに安堵の息を漏らした。

王城の見張り役に女性騎士候補として手の者を送ってあった。

「意識不明とは、しぶとい男だったがな。それにしても、カロディアの田舎娘のわりに頭がいいようだ」

まさか、『クスリ』まで表に出るとは思わなかった。

王城に送ってあった女性騎士候補から、セルゲイ男爵が死なず、田舎娘が『クスリ』に気づいたため、レンネルに疑惑を向けたという報告を受けた時は冷や汗ものだった。

すぐに、セルゲイ男爵を仕留めることを指示したのだ。

どちらも上手く事が運んだようだ。

ピピッピピッ

別の伝鳥が窓辺に留まった。

「島からか」

監視人が放った伝鳥だ。

ピネルは島からの文を確認する。

『王子の刃で海の藻屑予定、こちらの手は汚さず』

忌まわしい女キャロラインにつかせた侍女から、フーガ領に舞い戻ると知らせを受け、こちらにも指示は出していた。

『勘づかれたら船の事故に見せかけて消せ。もしくは王子の憎しみの刃でもいい』と。

「よし！　フーガに戻ったのが運の尽き、馬鹿な女だ。これで邪魔をする者はいない。……父も耄碌したものだ」

父親であるフーガ伯爵は、『クスリ』漬けにして幽閉塔に転がしている。

船レースで勝った戦利品だ。

フーガ領の者を女性騎士にと、父親に推したのもピネルの案である。一緒に忌まわしい女を王都に追いやることができた。

不測の事態はあったが、なんとか思惑通りに進んでいる。

ピネルは懐から練り香の瓶を取り出して嗅ぎ、唇に塗る。

『クスリ』が調合されたものだ。これをフーガ領の女性騎士候補は、革手袋に塗っていたのだ。

持参していても、肌の手入れ品にしか思われないだろう。

「長子の俺から、次期伯爵の座まで奪いやがった！」

突然ピネルは声を荒らげ、花瓶を手に取り投げつける。

ガシャンと壊れた花瓶から、花の刺繍のサシェが現れた。

「ハッハッ、ヒャッハッハ」

ピネルがおかしな笑い声を上げる。

「ゲーテ公爵、許さぬ‼」

ピネルの怨念は、ゲーテ公爵家にも向かっている。

「俺の人生を踏みにじりやがって！」

ピネルは花の刺繍のサシェをダンダンと踏みつけた。

「あの女は俺の物だ！　公爵家を継承するのも俺だ！」

ピネルは壁に飾ってある肖像画をうっとり眺める。

「サブリナ、俺の妻」

ピネルの手が肖像画のサブリナを撫でる。

「もう少し待っていておくれ。必ず迎えに行く」

ピネルの精神は、すでに『クスリ』の常用で常軌を逸していた。

『王は第二騎士隊とレンネルに出発、サブリナ手薄(てうす)』

翌日届いた知らせに、ピネルは喜々とした表情を浮(う)かべた。

「まんまと騙(だま)されてくれたものだ。ヒャッハッハ」

ピネルはサブリナの肖像画に笑いかける。

「やっと名乗れる。やっと会いに行ける」

『サブリナの警護を申し出ろ』

あの憎々(にくにく)しいビンズとやらが、サブリナから離れている今がチャンスだ。

こちらの手の者であるフーガ領の女性騎士候補が警護についたなら……サブリナに接(せっ)触(しょく)できると、ピネルはニヤリと笑い伝鳥を放った。

ピネルははやる気持ちを静め、仕事に精を出しながら知らせを待つ。

『本日サブリナの警護』

その知らせは二日後にやってきた。

ピネルは動き出す。

ゲーテ公爵屋敷近くの物陰(ものかげ)に、息を潜(ひそ)めていた。

サブリナは背筋に悪寒が走る。

「サブリナ様、いかがされましたか？」

お供の侍女が問う。

サブリナは周囲を見回して首を傾げた。

「何か見られているような気がしたのだけど」

お供の侍女も周囲を確認する。

「誰も居りませんよ。いつもと違う騎士様なので……お寂しいのでは？」

ビンズは、ピネル捜索でサブリナの警護についていない。

今日は別の騎士が、フェリアの命で警護にあたっている。

「ち、違うったら、寂しくなんてないわ！」

サブリナはプイッと侍女から顔を背ける。

「まだ、ハンカチをお返ししていないのでは？」

侍女が顔を逸らしたサブリナにシレッと言った。

「そ、そうね」

なかなか返せないのはなぜだろうと、サブリナは思う。

「気になる殿方の持ち物は手元に持っていたいものです」

侍女の言葉に、サブリナの鼓動が激しくなった。

「そ、そ、そ、そんなことは」

「ありませんか？」

サブリナは唇をムムッと震わせた。そして、観念したように『持っていたいみたい』と小さな声で呟く。

フッと息を吐き出し、前を向く。

「……そろそろ、家に着くわ」

お供の侍女が頭を下げる。

「では、先んじてご帰宅の準備を致します。ちゃんとお手元に持っていた方が心強いかと」

サブリナは袖口から、ビンズのハンカチを出した。

それだけで、勇気が出てくる。ちゃんと背筋を伸ばそうと思える。

サブリナはお供の侍女に変装したフェリアに頷いた。

フェリアは、サブリナから離れる。

警護につかせたのは、フーガ領の二人だ。

出る前には、ピネルに伝鳥を飛ばしてある。

もちろん、ビンズもピネルをつけているはずだ。

サブリナが囮になることを、最後まで反対していたが。

すると、物陰から男が現れる。

「サブリナ」

男が恍惚とした表情でサブリナに近づく。

「ピ、ピネル？」

ピネルが嬉しそうに破顔した。

「やはり私を選んでおいででしたか！　私もサブリナの肖像画を大事にしています」

サブリナが『ヒッ』と短い悲鳴を上げた。

「おや、何を震えておいでです？　ああ！　感極まってなのでしょう」

ピネルがサブリナに手を伸ばす。

サブリナは、フーガ領の二人の背後に回った。

「恥ずかしがり屋ですね。お前らは退け！」

ピネルがフーガ領の二人に命じる。

「そ、それは、できません」

ピネルの表情が一気に変貌する。

「命令をなぜ聞けぬ⁉」

ピネルがフーガの者をなぎ払おうとするが、二人は踏み留まった。

「俺のサブリナを寄越せぇぇ‼」

血走ったピネルがサブリナに襲いかかる。

サブリナはビンズのハンカチをギュッと握った。

「サブリナ嬢」

ビンズの声だ。同時に、サブリナの体は後ろに引き寄せられた。

「私が守りますので」

ビンズがサブリナを背後へ隠す。

「お前はぁぁ⁉」

ピネルの絶叫が響き渡る。

「第二騎士隊隊長ビンズです。まんまとこちらの罠に嵌まっていただいたようで、何よりです」

恐ろしい笑みでビンズが言ったのだった。


場所はゲーテ公爵の屋敷に移った。

ピネルは後ろ手で拘束されながらも、ギラギラした瞳でずっとサブリナを見つめている。

「サブリナ嬢、大丈夫ですか？」

血の気が引いた顔のサブリナを、ビンズが気遣った。

「俺のサブリナに話しかけるなぁ！」

ピネルが絶叫する。

サブリナがビクッと体を震わせた。

「サブリナ、席を外しても構わないわ」

フェリアは、ソッとサブリナの背を撫でた。

「いえ、ちゃんと見届けます。大丈夫ですわ」

その手には、ビンズのハンカチがギュッと握られている。

「ビンズ、最後まで盾になっていて」

「もちろんです」

サブリナを壁際の椅子に座らせ、庇うようにビンズが立った。

「さて、始めましょう」

ゲーテ公爵が頷く。

「何がどうなっているのですか？」

ミタンニ復国に忙しく、一連の出来事の詳細をゲーテ公爵は知らないのだ。

『王妃のサシェ』のことは耳にしていたが、自身の屋敷前で犯人の捕り物劇が行われようとは思ってもいなかった。

「事前に知らせなかったのは、ゲーテ公爵に知らせると漏れる可能性があったからよ」

「情報が漏れると？」

「ええ、だって犯人はゲーテ公爵家の内輪の者だったから」

ゲーテ公爵が信じられないとばかりに目を見開いてピネルを見る。

「こんな男、知りませんぞ」

「ふざけるな！　俺はサブリナの夫だ。公爵家を継承するのは俺だぁ！」

ピネルがまた絶叫する。

「お前こそ、何をふざけたことを」

ゲーテ公爵が汚い者を見るような目で、ピネルを一瞥した。

「ピネルはゲーテ公爵荷屋敷の者です」

フェリアはゲーテ公爵に告げる。

「荷屋敷……ミタンニに運ぶ荷を置いている屋敷の者か」

ゲーテ公爵がなるほどと頷く。

「確かに、内輪の者とも言えましょうが」

ミタンニ国に荷を運ぶために、新たに雇った運搬業者はいくつかある。その一つにピネルが関与している。

「そして、このピネルはサブリナの婚約者候補でもあったフーガ伯爵子息よ」

フェリアの言葉に、ゲーテ公爵がハッとする。

「フッハッハッハ。そうだとも、俺はサブリナの夫となり、公爵家を継承する者。サブリナ、会いに来たよ」

　ピネルがビンズの背後にいるサブリナに語りかける。

「迎えが遅くなってすまないね。これでも急いだのだが、荷を管理する仕事があってね。姉君の荷を任されたのだから、頑張っていたのだよ」

　サブリナはあまりの気味悪さに、ビンズに体を寄せた。

「俺のサブリナを隠すなぁぁ！」

　ピネルの拘束が緩む。

『クスリ』の威力だろう、ピネルの手首から血が滴るが痛みは感じていないはずだ。

　フェリアは、三ツ目夜猫魔獣の髭の鞭を取り出し、ピネルに放った。

　ピネルの体に鞭が巻きつき、ピクピクと痺れ反応を示す。

「大人しくしていなさい」

「ヒャッハッハ、ゲーテ公爵!!　お前のせいで、お前のせいでぇぇ」

　憎悪に満ちたピネルの瞳が、ゲーテ公爵に注がれた。

「なぜ、ここまで恨まれるのだ？」

　ゲーテ公爵が、ピネルのあまりの形相に呆気に取られている。

「ピネルは、フーガ伯爵の長子で、次期伯爵として有望視されていました。ですが、そこに破格の縁談が打診されました」

ゲーテ公爵が大きく息を吐き出した。

「確かに、サブリナの相手に打診しましたな。フーガ伯爵子息だけではないが」

『紫色の小瓶』の一件で、社交界の地位が地に落ちたサブリナと婚姻を望む高位貴族はおらず、悩んだ末にゲーテ公爵は、格下の貴族家にも縁談の打診をしていたのだ。

エミリオとイザベラを婚姻させ、ゲーテ公爵家を呑み込む算段をしていたマクロンの思惑を、当時ゲーテ公爵は知らされていなかった。

婚期が遅れ、フェリアの侍女に上がったイザベラを諦め、ゲーテ公爵はサブリナに婿を取らせる縁談に動いていたのだ。

姉妹しか子がいないゲーテ公爵家の難題だった。

「俺はぁぁ！　次期伯爵の座を捨てて、打診を受けたぁぁ」

ピネルが叫ぶ。

「フーガ領は、たくさんの夫人で島を統治しています。多くの子がおり、次期伯爵の座は誰にでも機会がありました。まさに、競争なのです。打診を受ければ、競争からの離脱を意味します。縁談の結果が悪くても、一度フーガ領を離れる決心をした者に、二度と機会は与えられないのです」

フェリアの説明で、ゲーテ公爵はやっとピネルの憎悪を理解した。

「ピネルは、競争を離脱し打診を受けましたが、縁談が進むことはなく白紙に戻されたのです」

「ミタンニ復国でイザベラが王妃と決まり、セナーダ政変で名を上げたサブリナに、多くの申し込みが殺到した」

ゲーテ公爵が言った。

強大な権力を掴むゲーテ公爵家に入る者を、安易に選べなくなったのだ。

きちんと身辺調査し、文武共に能力に長け、欲に溺れず、ダナン国に忠誠を誓う者を選ぶために。

元々、婚約の打診でなく縁談の打診であった。

アルカディウスとキュリーのように、元妃候補の正式な婚約事は妃選びが終了するまで成されない。だから、婚約でなく縁談だった。

特に、婿取りの縁談は何人かと顔合わせをするものだ。本人同士、家同士が納得する条件でなければ成立しない。

妃選び終了後に、縁談は行われる予定だった。だが、状況が一変し縁談は白紙になったのだ。

ピネルにしてみれば、不運だったのかもしれない。

「ヒャッハッハ、ヒャッハッハ……俺は、伯爵の座も公爵の座も失ったのだ」

ピネルが悔しげな言葉とは裏腹に、ニヤニヤと笑んでいる。

「だが、ミタンニ国に行けば貴族位になれるのだろ？　ミタンニ国に大金を落とす算段もついた。俺は、高位貴族の仲間入りをするのだ！」

ピネルが鼻歌を歌い始める。

「ミタンニ国で公爵になって、サブリナを妻にする。そうすれば、皆が幸せだ。なんて夢のような現実だろうか」

完全に『クスリ』で、非現実世界へと誘われたようだ。それこそ夢幻の実現しない世界である。

焦点の定まらぬ瞳で、ピネルがサブリナとの夢物語を語り続ける。

ツカツカツカ

ヒールの音が響く。

バッチーン

サブリナがピネルを平手打ちした。

ピネルが泡を吹いて気絶する。

そして、サブリナはゲーテ公爵をキッと睨んだ。

「お父様の人選は失敗ばかりよ！　王様には嫌われるし、気色の悪い男に狙われるし、散々だわ！」

サブリナがフンとゲーテ公爵からそっぽを向いて、フェリアの右腕に絡みつく。

「私の相手は、やっぱりフィーお姉様のお墨付きがなければいけません！」

「サ、サブリナ？」

ゲーテ公爵は思いのほかショックを受けているようだ。

フェリアは苦笑いする。

ビンズもサブリナの剣幕にハハッと笑っている。

「……この場はいったん収めますわ。王城に戻りましょう。これで解決ではないのですから」

まだピネルの取引先はわかっていない。

そして、マクロンもまだ帰還していない。

本当の黒幕まであと一歩だろう。

ピネルは敵の頭ではないのだから。

7 芋煮会

丸一日調査をし、翌々日ペレが淡々と報告する。

「ゲーテ公爵の荷屋敷を確認したところ、『幻惑草』が仕込まれた『王妃のサシェ』がありました。その数五百、本物の五倍もの量です。蔓延すれば大事になったでしょう。また、ピネルが住み込みをしていた荷屋敷には、サブリナ様の肖像画が飾られておりました。縁談の打診時にゲーテ公爵が送ったものだとのことですぞ」

フェリアは政務をこなしながら聞いている。

「それから、練り香の『クスリ』もピネルから押収しました」

フーガ領の二人組から、『クスリ』の正体の自白は得ている。もちろん、所持品からも押収済みだ。

ペレが練り香の瓶を三個テーブルに置いた。

「気づかなかったのは、私の失態ね」

フェリアは、テーブルに置かれた練り香を手に取った。

「『グローブ』と同じで、答えは視界に入っていたのに」

リカッロの美容品を見慣れているため、別段怪しく思わなかったのだ。それは、検分をしたベルも同様だろう。

「ピネルは口を割った？」

「いいえ、まだ『クスリ』が抜けていないようで、今はボーッとしています。時おり正気に戻りますが、頑として口を開きません」

長い常用なら、『クスリ』が抜けるには相当な時間がかかるだろう。正常に戻り、状況を呑み込むまで待つしかない。

並々ならぬ怨念だけで、正気を保ちながら悪事を企てていたのだ。それが曝かれ、一気に心身を『クスリ』の影響が襲ったのだろう。

「そう……証言はすぐに得られそうにないわね。何か取引に関する書類は見つかった？」

「残念ながら出ていません。徹底して書類は処分しているようで、フェリア様からの伝鳥文も残っておりませんでした」

セルゲイ男爵のことも、元妃家とのことも全く記録を残していない徹底ぶりだ。

フェリアは小さくため息をついた。

「敵は本当に尻尾しか出していないのね」

「『幻覚草』も発見されず、ピネルが所持していたのは練り香の『クスリ』一つです。一体、連中はどこにブツを隠しているのでしょうか？」

ペレが険しい顔で言った。

「……いいえ、隠しているわけじゃないわ。元々、ダナンに入っていないのよ」

「なんですと!?」

ペレが驚きの声を上げる。

「『幻惑草』はゲーテ公爵の荷屋敷に隠されていた。いえ、隠されていたのではなく、『幻惑草』はミタンニへ運ぶため荷屋敷に置かれていた、と考えられない？」

ゲーテ公爵の屋敷で、ピネルは『ミタンニ国に行けば貴族位になれるのだろ？　ミタンニ国に大金を落とす算段もついた。俺は、高位貴族の仲間入りをするのだ！』と叫んでいた。

ミタンニ行きの荷物を運搬する業者として、ゲーテ公爵の荷屋敷を管理していたピネルなら、『幻惑草』を安全にミタンニへ運べるのだ。

「なるほど、ピネルが言った大金を落とす算段とは、ダナンでなくミタンニに取引の場が設けられることを言っていると？」

「ええ、本当の敵はダナンではなく、ミタンニを餌食にしようとしているんじゃないかしら。……ミタンニに集う者の中に敵は紛れ込んでいる。いえ、紛れ込もうとしている。ミタンニ籍がなければ、ミタンニで取引はできないから」

フェリアは、ペレをジッと見る。

いつもとは反対に、ペレはフェリアが達した答えを口にする。

「ミタンニ復国に失敗は許されませんな。ミタンニの民(たみ)は、復国の足を引っ張ることは絶対しないでしょう。ミタンニ創始の忠臣に挙手した貴族らの中に、臣下の仮面を被(かぶ)り、ミタンニを餌食にしようとする者が紛れ込もうとしていると？」

フェリアは大きく頷(うなず)いた。

「ミタンニ創始の忠臣選びの面接は進んでいるのよね？」

ミタンニ復国が宣言されて以降、ダナン国内、他国からも多く挙手された。現在、エミリオとイザベラ、ゲーテ公爵が面接を進めている。

「自国の貴族はすでに面接が終了(しゅうりょう)し、各国からの挙手者の面接に移っております」

「ペレ、エミリオとイザベラと一緒(いっしょ)にミタンニ復国が失敗しても構わない背景のある者を調べ上げて」

「お任せを」

ペレが出ていった。

コンコン

「エミリオ様とイザベラ様、ペレ様がおいでです」

　扉番の騎士が告げる。

「入って」

　扉が開き、三人が入ってきた。

「どう？　目星はついたかしら」

　フェリアの問いに、ペレがテーブルに資料を置いた。

　朝の指示から半日で調べ上げたようだ。

『ミタンニ移住挙手者一覧』

「すでに、一覧ができておりましたので容易でした。私より、お二方の方が詳しく説明できましょう」

　ペレが下がり、エミリオとイザベラが前に出る。

「ミタンニで悪事を働こうとする者の調査ですから、最優先しました」

　エミリオが言った。ミタンニの王として当然だろう。

「復興間近のミタンニなら、ダナンよりも取り締まりが厳しくないでしょう。容易に取引できると敵は考えていると思います」

　イザベラがフェリアと頷き合う。

「この悪事に手を染める者を見つけるのではなく、反対に悪事など絶対しない者を除外していきます」

エミリオが堂々と話し出す。

「母国の復興が悲願だったミタンニの民の可能性は低いでしょう。元より、敵の頭が平民など、セルゲイ男爵やピネルが言うことを聞くはずがありません」

エミリオが一覧からミタンニ籍を授けた者を省き、イザベラに渡した。

「それから、ダナン国内の爵位を継げぬ子息は、爵位と悪事による益を天秤にかければ、おのずと傾くのは爵位になりましょう。悪事により益を得ても、もしミタンニが崩壊すれば爵位を失いますから、本末転倒です。『幻惑草』や『幻覚草』、『クスリ』の蔓延は、きっとミタンニをまた亡国へ向かわせるものでしょうから」

『幻惑草』の量からして、蔓延すれば再び亡国となるのは明らかだろう。

一覧の束がまた薄くなる。

「残ったのは、他国の挙手者だけになります。ダナン国内の子息と同じで、ミタンニ復国に自身の命運をかけて挙手しています。ミタンニ復国が叶わなければ、自国に戻った際、『無能力』の烙印を押されましょう。そうなってまで手にしたい益ではないでしょう」

残った一覧が全てテーブルから引かれる。

「……エミリオ、もったいぶらないで」

エミリオが肩を竦める。

「ただし、自国に戻っても評価を得られる者はおります。『無能力』でなく『ミタンニ崩壊の立役者』と評されるだろう者がいるのです」

エミリオが、テーブルに一覧を戻す。

「この三国からの挙手者の中にいると思われます」

フェリアは示された三国を確認し、エミリオに発言を促した。

エミリオが憎々しげに三国について口にする。

「ミタンニを攻めた異民族である草原の王が建国した国、ミタンニの隣国かつ同盟国でありながら援軍を出さなかった国、そして、鉄壁のミタンニ城郭突破を手引きした国」

「そんな国々からも挙手されるなんてね」

フェリアは呆れたように言った。

ミタンニが亡国となったのは、約三十年前である。すでに代替わりもしていよう。

「三国共にミタンニが亡国となり益を得ています。草原の王はミタンニ職人を。隣国はミタンニに取って代わり通行税を。手引き国はミタンニの財宝を手に入れました。三国の取り決めだったのでしょう」

亡国直後には、わからなかったことだ。時の流れが真実を浮き彫りにすることもある。

各国に散ったミタンニの民の証言がダナンに集約し、亡国の裏で起こっていたことが明らかになったのだろう。

「なるほど、ミタンニの復興を快く思わないばかりか、不利益を被るかもしれない国。ミタンニで暴利を得るためにミタンニ貴族に挙手したと考えられるのね」

ミタンニ国で暴利を貪り、『幻惑草』や『幻覚草』、『クスリ』でミタンニ国がまた崩壊しても、構わないだろう国の者である。

「どんなに有能だろうが、この三国からの挙手を受け入れたくありません」

その気持ちは痛いほどわかる。だが、わかるのは気持ちだけだ。

「それは王になる者の言葉？」

エミリオが唇を噛み締めた。

「有能な者であっても私怨で拒絶するわけね」

フェリアは立ち上がってエミリオと視線を交わした。

「姉上は受け入れろと!?」

「その言葉をサブリナに言える？　ミミリーに言える？」

エミリオが言葉に詰まった。

フェリアは危害を加えようとした者を、手元に置いている。その二人は忠臣へと開花した。いや、二人だけではない。フェリアに反目していた女官や侍女、係の者も今や立派な臣下だ。

それでも、エミリオは思案し、なんとか反論を口にする。

「ミタンニを亡国にした国を許すのですか？」

「ダナンは、セナーダをどうしたかしら？」

それがフェリアの答えだ。

ダナンを混乱に陥れた国である。理由はどうであれ恨んでいいはずの国だ。

「許す、許さないなんて感情でしかない。そんなものは、自身の内心の問題でしょう。許さなくても、国に有益なら採用するまで。私なら、許さないという感情を凌駕するほどの結果をその者に課すわ。私の亡き両親は、きっとマクロン様にそう願っているはず」

エミリオが体を震わせながら頷いた。

エミリオやジルハンの存在自体が、フェリアの両親が死んだ原因なのだ。

フェリアの言いたいことがわからないエミリオではもうない。

「はい。姉上の仰せの通りです。私が浅はかでした」

エミリオが深々と頭を下げた。

「フォフォフォ、王としての教育はほどほどに。エミリオ様もわかっていて、フェリア様にぶつけたのでしょう。自身の感情の浅はかさをちゃんと指摘してもらうために。その感情を凌駕するために背中を押してほしかったのですな」

ペレが目を細めて、エミリオを見ている。

エミリオが苦笑いしながら頷いた。

フェリアは満足げに微笑んでから、再度一覧に目を落とした。

「この三国から本当の敵を絞らねばいけないわ」

コンコン
「ビンズ隊長とサブリナ様がおいでです」

扉番の騎士が告げる。

「入って」

扉が開き、二人が入ってくる。

「伝鳥はまだ？」

フェリアが問うたのは、ピネルが取引先と連絡をするための伝鳥の飛来である。取引相手との連絡手段は伝鳥であると考えたからだ。

「予定していた伝鳥でなく、別の伝鳥が飛来しました」

ビンズがサブリナを促して、細長い文をフェリアに渡した。

『王が島を制圧、逃げてください』

フェリアに笑みが漏れる。

「ピネルは幽閉島とも伝鳥をやり取りしていたのね。ビンズ、このお返事を出せば、マクロン様に届くかもしれないわ」

その伝鳥は、ピネルと監視人の連絡に使われていた小鳥だ。

『ピネル捕獲、黒幕捜索中』

マクロンが、この伝鳥の飛来を見逃すことはないだろう。例え、逃げおおせたピネルの手の者に届いたとしても問題はない。

マクロンが取り逃がすはずはないからだ。

「これを伝鳥に」

ビンズがフェリアから文を受け取った。

「この三国の中に敵がいるのなら、荷屋敷に伝鳥を飛ばすように仕向ければいいのだわ」

「どのようにですかな？」

ペレが問う。

「三国へ招待状を送りましょう。ビストロ『イモニエール』で芋煮会を開くわ。芋煮を食べながら面談をしたいと綴れば、ミタンニ籍を手にしたい敵なら疑わずにやってくるでしょう。敵は、荷を運ぶ予定のピネルに状況を連絡するでしょうね」

「フォフォフォ、騎士が配膳係をする『イモニエール』なら、敵を取り逃がしはしませんな」

ペレがニヤリと笑んだ。

「流石、姉上ですね……勉強になります」

エミリオが感心した。

翌日、芋煮会の招待状が送られた。

するとすぐ、ビンズとサブリナの待機する荷屋敷に一羽の伝鳥がやってきた。

『ミタンニ王主催の芋煮会参加予定、順調』

ビンズが返事を書き、ピネルの時と同様に伝鳥を追跡する。伝鳥は敵に辿り着くのだから。


ビンズとサブリナが報告に来た。

「ミタンニの隣国かつ同盟国でありながら援軍を出さなかった国、ミタンニに取って代わり通行税を得ている国……カルシュフォン国」

フェリアはビンズを促す。

「伝鳥はカルシュフォンの者が貸し切りにしている宿場町の高級宿に飛来しました。それ以上の深追いはしていません」

ビンズが報告した。

「カルシュフォンだけ大物の挙手がありましたな」

ペレがエミリオを見る。

「第六王子リュック・カルシュフォン。その側近四名と共にミタンニ移住を申し出ております。最下位の末王子なので、自国では内政、外交に携われず。力を発揮する場を求めての挙手とのことです。貴族審査に落ちても、ミタンニに移住したいと」

皆の視線がフェリアに向かう。

「たとえミタンニが『クスリ』に蝕まれて、再度潰えても痛くも痒くもない。それどころか、『幻惑草』や『幻覚草』、『クスリ』の取引で暴利を貪れる。こんな美味しい移住はないわ。懐に大金を入れ、『ミタンニ崩壊の立役者』として大手を振って国に戻れるのだから」

フェリアはやっと敵の頭に辿り着く。

フェリアの言葉にエミリオの拳が強く握られた。

「盛大に歓迎しましょう。ぐうの音も出ないようなおもてなしの準備を」

三日後、フェリアが離宮に移る前日に芋煮会は開催されることに決まった。

他の二国には日程変更を知らせて、カルシュフォンのみを招いた芋煮会が。

ビストロ『イモニエール』。

15番邸の庭に大きなテーブルが設置された。

快晴に恵まれ、青空を眺めながらの芋煮会である。

カフェエプロンを身につけた騎士によって、カルシュフォンの五名が案内される。

「ようこそ」

エミリオがにこやかに出迎えた。

「お招きいただき光栄にございます」

リュック王子が返した。

カルシュフォンの末王子は、エミリオと同じ二十歳の青年である。

「お口に合うといいのですが」

イザベラが芋煮の鍋をチラリと見た。

「本場の芋煮を口にできると楽しみに参りました」

リュック王子の口は滑らかだ。

「どうぞ、席についてください。後ほど、ダナンの次期王妃様もおいでになります」

エミリオの言葉に、リュック王子が驚く。

「あの名高い次期王妃様ともお目にかかれるとは、私は幸せ者でございます」

「ええ、婚姻式前に姉上と面前叶うのは、カルシュフォンだけです。他は全て婚姻式後と返答したようです」

リュック王子の眉がピクンと反応した。

「我々だけなぜこのような幸運に恵まれたのでしょうか？」

「お気づきでない？」

エミリオが不思議そうに問う。

「皆目見当がつきませんが」

少しだけ、リュック王子の言葉は固くなる。

イザベラがクスクスと笑った。

「お義姉様は薬草が特産のカロディア領出身です。まだ復国していないミタンニ周辺の薬草がお知りになりたいと。隣国のカルシュフォンならお詳しいのではと、私が進言しましたの」

リュック王子が嬉しげな表情を見せる。きっとホッとしたのだろう。

「ミタンニ王妃様は博識なのですね。遠く離れたカルシュフォンをご存じとは、感服致しました」

「私などまだまだですわ。お義姉様のように、強大な敵と戦う経験がないのです」

リュック王子が訝しげに首を傾げる。

「言葉少なで申し訳ない、リュック王子。カロディア領には魔獣という敵がいるのです。その一角魔獣の干し肉で芋煮が完成するのです」

「確かに、魔獣は強大な敵ですね」

　エミリオの説明に、またリュック王子が笑みを浮かべた。

　イザベラが扇子を口にあて、すまなそうに目礼した。

「タロ芋をご存じですか？」

　エミリオが畑を眺める。

　リュック王子もつられて畑を見た。

「良薬は口に苦しと言います。タロ芋は少々苦い芋なのです。良薬が苦いなら、悪薬は甘いのでしょうかね」

　エミリオがゴクンと喉を動かした。

『幻惑草』は甘い香りの薬草だ。リュック王子は知っていよう。

　エミリオとイザベラの会話が意図したものではと疑心が生まれる。だが、リュック王子は笑みを湛えたままだ。ボロは出さない。

「そうですね。甘くて効果がある薬があれば、皆が喜ぶでしょうね」

　エミリオに合わせた会話をしたが、それが自白のようでリュック王子の内心は激しく揺れている。

　まさか、勘づかれてはいないかと、背中に冷たい汗が流れた。

「次期王妃様がおいでです」

門番が声を上げた。

会話が途切れたことに、リュック王子は思わず弛緩する。

「姉上、ようこそ」

「まあ、エミリオ、ここは王妃塔が統括する後宮内です。私の方がようこそと言わねばおかしいわよ」

フェリアはクスクス笑った。

「ハハ、そうでした。本日はビストロ『イモニエール』をお貸しいただきありがとうございます」

そこでエミリオがカルシュフォンの者らを見る。

すでに立っており、紹介を待っていたようだ。

フェリアはゆっくり五名の顔を確認する。

意味ありげに口角を上げて、ゆっくりと一人ずつを。

「こちらが『ミタンニの同盟国でありながら、援軍を出さなかった隣国カルシュフォン』の者？」

フェリアは、先制攻撃をかます。

リュック王子らが絶句した。

「あら、ごめんなさい。説明不足でしたわね。『ミタンニに取って代わり通行税を得ているカルシュフォン』の者よね。ミタンニとの遺恨を解消するため、三十年分の通行税を当然持参されておりますわね？」

未だ口を開けぬリュック王子に、フェリアはさらに追撃を重ねていく。

「ミタンニで儲ける予定なのでしょ？　出し渋らないでいただきたいわ」

リュック王子らの目が見開いた。

「な、何を、おっしゃっているのか」

リュック王子から出てきた言葉は、大した台詞にならなかった。

「流石、姉上です。私たちでは回りくどい言葉しか出せませんでした。勉強になります」

エミリオがイザベラの手を取りながら言った。

「ええ、私も経験不足ですわ。敵に例えを気づいていただけなくて」

イザベラがリュック王子を一瞥した。

「追い込む術には、私のように心の臓を一突きするやり方もありますが、社交界ならではのくどく遠回りの戦法もよろしくってよ。私、敵が気づいていないことに片腹痛かったもの」

フェリアは爽快な笑顔で言い放つ。

「姉上、隠れて聞いていたのですか？」

「ええ、だって敵も姿をずっと隠していたのですから、私だって同じことをしても構わないでしょ？　ほんの出来心よ。敵の本気の悪事よりましじゃない」

フェリアはリュック王子らを見ながらクスッと笑った。

「あら、ごめんなさい。お客様を蔑ろにしておりましたわ。ですが、これも気遣いですのよ。私たちの会話を理解するには、時間がかかるかと察してのこと。そろそろ、ご理解いただけましたか？」

リュック王子の表情は、笑みを浮かべようとするが、怒気と羞恥を隠せずにいる。

「ハ、ハハ、ハ……ダナンの奇抜なお招きですか？　舞台でも見ているようでした」

「まあ、大変。やはり理解に時間がかかっておいでなのね」

リュック王子のとぼけに、フェリアはすかさず言い返した。

「舞台なら、終幕まで付き合っていただきますわ。そうすれば、ご理解いただけるでしょう。皆さん、そろそろ着席を」

フェリアの余裕な様子が、リュック王子の内心を逆なでする。

「密売ルートを説明しましょう」

「お待ちを。カルシュフォンは、我々は関係ありません。なんのことやらと困惑しています」

リュック王子が即座に反応した。

「『幻惑草』を知らないと？」

「知りません」

「『幻覚草』も知らないと？」

「知りもしません」

「『クスリ』もかしら？」

「知るはずがないでしょう！」

リュック王子が声を荒(あら)らげた。

「フフ、薬を知らないなんて、カルシュフォンに医術はないのかしら？」

リュック王子がハッとする。

「あなたは、どんな薬を知らないと言ったのかしらね？　おかしな発言よね。知っていて、知らないと宣言したい薬であったわけだもの」

「私は医者ではありませんから、薬を知らないのは当然でしょう」

リュック王子が立て直してきた。

「では、別の問いを」

フェリアは手を空にかざした。

ピーピッピッピッ
「伝鳥は知っていますわね？」

「知ってはいます」

「質問を間違えたわ。伝鳥で連絡を取り合っていますね？」

「だから、なんだと言うのです⁉」

否定はできないだろう。空には、ピネルと繋がっていた伝鳥が飛んでいるのだ。

フェリアは種袋をリュック王子の前にポイッと置いた。

「種袋を持った腕に留まりますわ。どうぞ、芋煮会の趣向の一つですからお試しあれ」

「結構です」

フェリアを睨みながら、リュック王子が答える。

フェリアは肩を竦めた。

「では、私が代わりに」

エミリオが種袋を摑み立ち上がる。

伸ばした腕に、伝鳥が飛来した。

「エミリオ、ミタンニに行っても、これですぐに連絡が取れるわ」

「はい。便利ですね」

エミリオが伝鳥に種を与える。

「この伝鳥から『ミタンニ王主催の芋煮会参加予定、順調』と先日文が届いたのです。

『こちらも順調。予定通りミタンニで？』と返信しましたわ。その返信ですわ」

エミリオが伝鳥の管から文を出してテーブルに開いて置いた。

『貴族承認後、ミタンニで落ち合おう』

「はっ！　これがなんだと言うのです⁉　私たちには関係ない。どこに私の名があるのです⁉　こんな小鳥など知りません！」

「敵は頭が切れるわ。どこにも密売に関わる文言を残していないもの。どこの誰なのかも、なんのやり取りなのかも記さない。当人しかわからない文ね」

リュック王子が誇らしげに歪んだ笑みをさらけ出す。

「でもね、ミタンニ王主催の芋煮会は、カルシュフォンしか招待していないのよ」

フェリアの言葉に、リュック王子の表情が慌ただしく動く。どんな表情を作れば正解なのかわからないからだ。

「他にも」

「ええ、招待したわ。ミタンニと遺恨がある三国に招待状を出しました。伝鳥が飛来するのを期待してね」

フェリアは招待状の控えをテーブルに置く。

ダナン次期王妃主催芋煮会
ゲーテ公爵主催芋煮会
ミタンニ王主催芋煮会

「三国別々に主催者を変えて出したわ。つまり、この伝鳥の文はカルシュフォンの者しか出せない文なのよ。『幻惑草』をミタンニに運ぼうとしたピネルと、あなたが連絡を取り合っていた証拠ね。ピネルとミタンニで落ち合う連絡をした。もちろん、ピネルはこちらにもう落ちているわ。どう？　掌の上で踊らされる感想は？」

リュック王子が唇を噛み締めながら、フェリアを睨んでいる。

「ダナンの地で『幻惑草』が栽培され、カルシュフォンの地で『幻覚草』が栽培されているのかしら？　それらは、ミタンニに運ばれる。そして、ミタンニで『クスリ』が完成するのだわ」

リュック王子が口角を上げていく。

「アーッハッハッハッハ、だが、まだ実行されていないものだ！　行われていない犯罪をどう取り締まるのかな？　出ているのは『幻惑草』だけでしょう。それ以外に証拠はありますか？」

リュック王子がニヤニヤ笑っている。そして、胸に手をあて、仰々しく頭を下げた。

まさに舞台の終演の如く、恍惚な表情を浮かべ勝利を確信したかのように。

ザッザッザッと足音が近づいてくる。

「証拠なら、フーガの地で発見したが」

「マクロン様！」

フェリアは立ち上がり、マクロンに抱きついた。

マクロンは、近衛隊長とボルグ隊長を引き連れている。

「お帰りなさい」

「ああ、ただいま」

軽々とフェリアを抱き上げ、マクロンが集った面々を見回した。

「敵の頭はあれか？」

マクロンがリュック王子を見やる。

「ええ、あの者です。敵の本体（証拠）は見つけ出せましたか？」

マクロンが背後のボルグに目配せする。

ボルグが、テーブルにバサッと証拠品を広げた。

「フーガ伯は、何度も夫人らのスカートの中に隠れて幽閉島に潜入し証拠を集めていたのだ。『クスリ』漬けにされていたから、カロディアに送って治療中だ」

リュック王子が固まっている。

テーブルに広げられた証拠品には、カルシュフォンの名も、自身の名もあったのだ。

「今回の証拠は出なくても、小さな取引の証拠は出るはずだもの。だって、ピネルは『クスリ』を常用していたわ。『幻惑草』しかないフーガがどうやって『クスリ』を手にしていたの？　『クスリ』にするための『幻覚草』がないのに。すでに行われた犯罪を、取り締まるだけよ。フーガとカルシュフォンのね」

リュック王子の体から力が抜け、ドンと椅子に落ちた。

リュック王子の側近らが咄嗟に反撃を試みるが、すぐにカフェエプロンの騎士に取り囲まれた。

マクロンとフェリアは、もうリュック王子に関心がなくなる。

「フーガ夫人らは離宮にいる。ちょうどいい時期だったから、リカッロとガロンも一緒に来てもらっている。練り香の『クスリ』を調査させる」

「あら、酷い兄たちだわ。婚姻式の出席よりそちらの方を優先するなんて」

フェリアはクスクス笑う。

「諦めろ。軟膏はリカッロの専門だ。『クスリ』はガロンが専門だ。あの二人だぞ、優先度はきっと……」

マクロンが肩を竦めた。

「兄上、姉上、イチャイチャは他でやってください。あとは、ミタンニの王となる私が処理します！」

エミリオが言いながら、対抗するかのようにイザベラを引き寄せる。

マクロンとフェリアは、ビストロ『イモニエール』を後にしたのだった。

8 離宮へ

翌朝、セルゲイ男爵が目覚めた。

マクロンは、ビンズと一緒に医務室に向かう。

「何もしゃべろうとしません」

ビンズが伝える。

「味方だった者に裏切られ、犯人に仕立て上げられたわけだ。それを救ったのが、意趣返しの相手であるフェリアなのだからな。心中複雑だろう」

ビンズが先回りして、医務室の扉を開けた。

セルゲイ男爵は、窓辺のベッドに座ったまま外を眺めている。

マクロンの入室にも反応しない。

マクロンは構わず、ベッド脇の椅子に腰かけた。

「キャサリンの不敬を話そう。だが、心得よ。聞いたら、後には戻れないとな」

「どうせもう、後には戻れません」

セルゲイ男爵が外を向いたまま答えた。

「侍女試験に落ちたキャサリンは、フェリアを快く思わない者に勧誘され、アルファルドの『秘花』でフェリアを昏睡させた。アルファルドは医術国だ。紫斑病を見事に終息させたフェリアを欲した犯行だった。公にしなかったのは、国家間のことだっただけじゃない。次期王妃に決まっているフェリアに実際危害が加えられた。実行犯はキャサリンだ。セルゲイ男爵家の廃爵はおろか、セルゲイ男爵の血縁にまで影響が出る。嫁いだ娘はどうなる？　男爵家がお取り潰しになれば、嫡男はどうなる？　時代が違えば、石台行き間違いなしのキャサリンに、いやセルゲイ男爵家に恩情をかけたのが、フェリアだ」

セルゲイ男爵が、ゆっくりとマクロンの方に向いた。

不敬の内容に、驚きを隠せない。

「フェリアに対して、確かに色んな令嬢が嫌がらせをした。亡き者にしようと画策した者もいる。だが、未遂に終わっている。フェリアに実害はなかった。唯一危害を加え、ダナンの体面さえ失墜しかねない犯行を犯したのが、キャサリンだ。ダナンはアルファルドに屈することになっていたかもしれないのだ。治療のため、次期王妃を差し出すというな」

セルゲイ男爵が慌てて、ベッドから這い出る。

よろめく体で、床に落ち土下座した。

「我は、後に戻れぬと言った。お前は知った。その責は免れぬということだ。次期王妃フェリアに実害を及ぼしたセルゲイ男爵家は、ダナン貴族として首を差し出さねばならん。元より、『王妃のサシェ』の件でもセルゲイ男爵家は罰を受ける。だが、キャサリンの不敬の方が罪は重い。『王妃のサシェ』の未犯とは比べものにもならんからな」

「私の首は差し出しますので、どうか、どうか、お願い致します。息子や娘らをお助けください」

セルゲイ男爵が額をゴンゴンと床に打ちつける。

「今回の黒幕を、お前は知るまい。ピネル以外は『王妃のサシェ』の取引先を知らされていなかったのだろ？」

セルゲイ男爵が唇を噛み締めた。

「ミタンニの隣国カルシュフォンが黒幕だ。フェリアはカルシュフォンの者を招き、芋煮会を開催し追いつめた。その芋煮をキャサリンに作らせてだ。ちゃんと賄いの腕を見るため、入城を許可してな。わかるか？　フェリアはおだてる口しか持ち合わせていなかったキャサリンに、侍女としての手腕を身につけさせていたのだ」

セルゲイ男爵から嗚咽が漏れ出る。

「申し訳、申し訳、ありません。全て私が悪く」

「知ったなら、後に戻れぬと言ったはずだ！」

マクロンは一喝した。

「それぐらいにしてください、マクロン様。まだ病み上がりですわ」

フェリアが入ってくる。背後には芋煮を持つ侍女を引き連れて。

セルゲイ男爵は蹲ったままだ。

「セルゲイ男爵、ベッドに戻って食事を摂りなさい。命令です」

セルゲイ男爵がノロノロと顔を上げる。

「キャ、キャサリン？」

キャサリンがグチョグチョの顔で芋煮を持っている。

「お父様……」

「マクロン様、『王妃のサシェ』の件は私が指揮を執っておりますの」

フェリアが口角を上げる。

マクロンは『参ったな』と頭に手をあてた。

「わざとらしいですね」

ビンズが言った。

要するに、フェリアの裁量なのだ。

「セルゲイ男爵は、カルシュフォンに睨みを利かせるために生きていてもらわねばなりませんわ。今は公にしないが、また何か企むようなら躊躇なく『王妃のサシェ』の件は詳らかにするとカルシュフォンに交渉を。ミタンニ復国にカルシュフォンが手を出さぬよう」

「ああ、ペレに指示しよう。今回もアルファルドと同様に公にしない。ペレとゲーテ公爵を遣わせる」

フェリアがセルゲイ男爵を見る。

「ダナンの窮地には、私は躊躇なくあなたを売るわ。その時がきたなら」

「私の命をどうとでもお使いください！」

セルゲイ男爵がフェリアの言葉より先に答えた。

「それから……」

フェリアがいいことを思いついたとばかりに手を合わせる。

何やら嫌な予感がすると、マクロンもビンズも顔を見合わせる。

「フーガ伯爵夫人が侍女を欲しているの」

マクロンは、フェリアの意図を理解する。

「キャサリン、フーガ伯爵夫人の侍女に命じます。ね、マクロン様？」

マクロンは鉄鉱山で賄い係をしていた方が楽だろう、と思ったのだった。

フェリアは、城門を見上げる。

これから、離宮に出発するのだ。

マクロンが城門まで見送りにきている。

「馬車でも乗馬でも構わんぞ」

マクロンが言った。

広場には、馬車と白馬が待機している。

「ボルグ隊戻りました」

門兵が声を張り上げた。

「道中の安全を確認できました！」

ボルグが城門を潜ってすぐに報告した。

「王都から離宮への道中は、すでに露店で賑わっています」

王都の自由市に入れなかった露店が、軒を連ねているらしい。

「それは見てみたいな」

マクロンがものすごく小さな声で呟いた。

「私は、一緒に見て回りたいですわ」

フェリアも小声でマクロンを見上げた。

マクロンがコホンと咳払いする。

「出発前に、少し時間をくれまいか」

マクロンが周囲に目配せした。

「しばしの別れを惜しむお二人を邪魔してはなりませんな！」

ボルグが恥ずかしげもなく発する。

マクロンとフェリアの周囲にいた者らが、距離を取り少し視線を二人から逸らした。

「ボルグめ、奴に羞恥の文字はないらしい」

マクロンが苦笑いした。

「ですが、上々の展開ですわ」

フェリアはマクロンにウィンクする。

マクロンもニヤリと笑った。

フェリアはマクロンに抱きついた。

周囲の視線は見ないようにと、二人から逸らされる。

その隙に、マクロンがフェリアを抱き抱え、素早く白馬に乗せた。

「王様！」

ビンズが叫ぶ。

「送ってくる。じゃあな」

二人の乗る白馬は駆け出した。

ボルグがヒューと口笛を吹き、後に続く。

近衛も後れはとっていない。

「王様！　今日はいつから……」

ビンズは天を仰いだ。次第に笑いが込み上げる。

「土産はクルクルスティックパンを希望します！」

マクロンがビンズの言葉に手を上げて応えた。

その日、王都の民は白馬に乗る睦まじい王と次期王妃を目撃することになったのだった。

終わり

あとがき

はじめまして、桃巴（ももともえ）です。もしくは幾度（いくど）かご挨拶（あいさつ）をしていることでしょう。『31番目のお妃様（きさき）』七巻をお手に取っていただきありがとうございます。

作者は以前、脳内作業から構成を考えることなく、パソコンに向かうと書きました。

今巻もまさしく同じで、書き終えた物語を作者は言い訳がましく、「原稿量（げんこう）のプロットです」と担当様に送るのです。

さて、物語には枝分かれする場面が何度も出てきます。

例えば、『王妃（おうひ）のサシェ』から『幻惑草（げんわく）』を見つけた時点で、フェリアが二つで一対（つい）に気づく展開と、そこで気づかない展開等。

原稿量のプロットでは、多くのifを選択（せんたく）して展開し完成させます。

そのifの度に、作者はそこまでの原稿をまるっとコピーし留めておきます。そこからいつでも書き直せるように。今巻はコピーが七データになりました。

選択できる展開は無限にあり、それをたった一つだけに最初から絞（しぼ）るのがもったいないと作者は思うのです。

つまり、作者はこの原稿量プロットを楽しんでおります。

担当様にはいつもご迷惑をかけておりますが……。

七巻までくると、多くの登場人物で溢れております。今巻は既存巻で端役だった名が出てきますが、読者様はすぐに気づきましたでしょうか？

ミステリー好きの作者です、『作者からの挑戦状』と内心思いながら執筆しておりましたことを、告白致します。

毎回、素敵なイラストを描いてくださる山下ナナオ様、今巻のお姫様だっこの表紙に作者は悶えました。ありがとうございます。

担当様、各章二行プロットを三行以上にできるよう頑張ります。

何より、七巻を最後まで目を通してくださった全ての方に、再度お礼申し上げます。

さて、作者は物語の種を開花しに向かいましょう。それでは……

桃巴

■ご意見、ご感想をお寄せください。
《ファンレターの宛先》
〒102-8177 東京都千代田区富士見 2-13-3
株式会社KADOKAWA ビーズログ文庫編集部
桃巴 先生・山下ナナオ 先生

B's-LOG BUNKO
ビーズログ文庫

●お問い合わせ
https://www.kadokawa.co.jp/（「お問い合わせ」へお進みください）
※内容によっては、お答えできない場合があります。
※サポートは日本国内のみとさせていただきます。
※Japanese text only

31番目のお妃様 7

桃巴

2021年8月15日 初版発行

発行者	青柳昌行
発行	株式会社 KADOKAWA 〒102-8177 東京都千代田区富士見 2-13-3 （ナビダイヤル）0570-002-301
デザイン	伸童舎
印刷所	凸版印刷株式会社
製本所	凸版印刷株式会社

ISBN978-4-04-736692-3 C0193

定価はカバーに表示してあります。

◇◇◇

ふー
あっ
花壇にあったレンガで窯を作ったの
これで美味しいパンを作れるわ
では…
早速ですが農機具一式が欲しいです！
ぱあっ
平民服
牛車
モ～
回想
ニヤッ
私の荷物の中に兄さんの野営箱が紛れ込んでたんです
今頃兄さん慌てているわ
ビーズログコミックスにて
コミックス①～③巻好評発売中!!!
ちょっと(かなり)変わっているお妃様の成り上がり劇★
31番目のお妃様
七輝翼
原作／桃巴(ビーズログ文庫)
キャラクター原案／山下ナナオ